Lloran tus ojos azules

Ignacio de Córdoba Colomo

ISBN-10:1517210585
ISBN-13: 978-1517210588

DEDICATORIA

Todos los hechos sobre personajes reales que salen en esta novela son pura invención en parte, cualquier similitud con la realidad son pura coincidencia, en todo momento. No obstante, esta novela está dedicada a todos ellos, toda aquella generación irrepetible con su música y sus sueños.

También se la dedico a mis padres, hermanos y amigos, a todos los que compartiendo sus confidencias, sus alegrías y tristezas han sido fuente para mis personajes.

Especial dedicación a mi esposa Wichitta.

La niña

Está comenzando a anochecer, parece que más despacio de lo normal. Desde la bahía se ve como los últimos rayos del sol deslumbran al que los mira. Los edificios más altos parecen ser divididos por las últimas, las más perezosas nubes; rastros de un magnifico día nublado. Es el momento que La ciudad se llena de molinos de humo perdidos entre los puentes, los cuales muestran el camino para el que quiera entrar.

Es San Francisco en los años noventa pero podría ser el de cualquier otra época, porque el tiempo no pasa para un lugar que lucha por mantenerse joven para siempre.

Por la ventana de una casa adosada se intuye en sombra la imagen de una niña que parece estar sola en su habitación. Tendrá unos doce años, delgada, con el pelo negro, zaino. Destacan sus ojos, son tan hermosos que muestran, con su azul reflejo, la belleza de la vista. Ojos que quieren rebelar en un instante la razón de vivir en una urbe que adoptó a sus abuelos. Piensa que se encuentra en el lugar más encantador del mundo. Observa con admiración, los cables; ésos que sirven para llevar al tranvía que están sujetados por viejos postes.

La coreografía de una ciudad. El olor húmedo del anochecer. El tacto de una nube. El toque de una campana sonando a lo lejos.

La pequeña niña, contempla las luces al lado de las sombras de la bohemia, esas mismas que han vivido sus antepasados. Observa el viejo edificio enfrente de su casa. Antiguo gran almacén, un edificio de tan irremediable elegancia como imponente figura, acentuado porque las cosas bien hechas mejoran cuanto más añejas son, tiene el sabor de lo clásico.

Se está muy cerca de la playa, al menor como para olerla y sentir como las olas del mar parecen llegar hasta acariciar la cara. Pocos faroles iluminan las costanas, lo suficiente para salvaguardar a los nocturnos de los peligros de la noche.

Un grupo de gente pasa por la calle. Es probable que vengan de algún sitio de charlar y tomar copas... Se les nota por el tono de voz, además de la forma que tienen de moverse juntos pero algo revueltos. Risa de medianoche; alegría de compartimiento breve. La pequeña mujercita los observa, amén de no poder evitar dibujar un esbozo de sonrisa en su cara. Alegría de ellos breve, sí, pero también contagiosa. Complicidad en la soledad de la noche de la que tiene curiosidad.

En una noche de diario, generalmente no hay mucho tráfico por la calle donde vive. Observa cualquier movimiento, abstraída, para no perder el más mínimo detalle de lo poco que sucede a su alrededor.

Siente que su vida transcurre anodina, piensa en aventuras que quisiera tener para no llevar una existencia tan ordinaria. Sin duda, envidia a los personajes de las novelas que tanto le gusta Leer. Su familia sin problemas, situación acomodada, ella es lista, guapa, simpática. La pequeña Sandra no se puede creer las excitantes historias de vidas pasadas, aún incandescentes, de la tumultuosa ciudad.

Tiene curiosidad por saber más de sus padres, - ¿Por qué rayos nunca la cuentan nada? Por ello duda de la existencia de algo interesante. Sabe que se conocieron muy jóvenes, sin embargo, cierto es que se casaron muy mayores. - ¿Qué pasó durante los años de los hippies en la ciudad de los hippies?... Ella piensa convencida que sus padres nunca lo fueron. Con toda seguridad se mantendrían al margen de aquel movimiento que tanto le fascina. Al fin y al cabo, la mayor parte del tiempo, parecen dos aburridos profesores de música de conservatorio.

– Nada de drogas, ni rastro de un pasado fascinante, ni siquiera tienen tatuajes, sólo algunos amigos suyos que se reúnen con ellos parecen salidos de esa época. Cómo es posible, si fueron músicos de "rock". Tal vez algún indicio cuando veo los viejos discos de mi padre, o cuando toca la guitarra, pero poco, casi nunca la toca en casa y menos sabiendo que yo pueda estar. Alguna vez le espío. ¡Que carcas aburridos y que educación tan conservadora! Como envidio algunas amigas del "cole" que hablan de cosas interesantes de sus progenitores. Alguna de ellas ya ha tenido la suerte de poder fumarse algún porro, ¡con su propio padre!, eso sí es fascinante y no los consejos rollos que me dan los míos. No me puedo creer que siempre hayan sido así.

La familia tiene bastante dinero, sin embargo, no viven precisamente en la parte más pudiente de la ciudad. En unas casas de renta media, bohemios, extranjeros y homosexuales, son sus vecinos. La niña sigue pensando, tratando de sacar alguna conclusión a una meditación casi obsesiva. Cuando tienes esa edad, alcanzas una certeza de madurez que nunca recuperarás, para después tener la decepción de que la vida es una mierda y buscar una candidez ya perdida. . Conforme va creciendo se pregunta más cosas. El interés por saber aumenta por aquel pasado tan desconocido para ella.

En su habitación ha dejado de sonar aquel extraño y sorprendente compacto de música que compuso su padre que tanto le gusta. Aquel que tiene en la parte de atrás escrito algo dedicado a Martha, su madre. Qué música tan bonita, que dedicatoria tan bella, que demostración de amor, piensa para ella. - ¿Se seguirán amando?, se pregunta.

Sandra quiere saber la historia que tanto desconoce, sabe que la hay… ese disco, esa dedicatoria... Una historia en San Francisco, mejor, ni peor, pero verdadera. No cree necesitar sabios consejos que se puedan verter de ella. Tan sólo quiere saber la de aquellos amantes James y Martha que son sus padres, de sus abuelos, de sus amigos… Todo lo que la niña Sandra parece desconocer y que según crece irá averiguando, de esos carcas que parecen tan normales. No es posible, demasiados acontecimientos y sospechas para considerar que su pasado fue tan anodino.

Ella ya sabe que la vida de todos tiene momentos sublimes, combinado con sencillos problemas y ridículas situaciones. Diferentes puntos de vista, según el que mire. La verdad de las cosas las hace más patéticas. ¿Es mejor sentir algo malo o no sentir ni el respirar? ¿Prefieren morir desgraciados o vivir en la desgracia de la monotonía? ¿Aprendieron alguna vez a amar en el grado de saber que es el amor? Tantas dudas para un existir, el de todos, tan breve, un sentir tan profundo, bonito y a la vez desgraciado, que no sabemos que queremos y no queremos lo que sabemos.

Cuanto afecta nuestra niñez a todo lo que después consideramos como traumático, por ejemplo, de un padre borracho, o una madre desgraciada; o quizá el problema es saber que era demasiada niñez agraciada como para empezar a vivir en soledad. Ha oído hablar de suicidios de niñas de su edad… precisamente por no tener problemas, por ello, la espanta esta vida tan placentera.

En fin, lo que va a descubrir Sandra hasta su vida adulta es, pues, una historia más, diferente a otras pero con las mismas dudas eternas, con las mismas alegrías y desgracias. Una historia, la de sus padres, que ella poco a poco irá descubriendo en parte e imaginando lo que no alcance a averiguar.

La ciudad y la esperanza

- Como amabas esta ciudad, ¿Crees que sigue siendo igual que cuando éramos jóvenes? Preguntaba Martha a James.
- Bueno, cariño, al menos ha cambiado menos que el resto del mundo. Yo todavía veo vestigios de lo que fue una vez.

Contestaba James mientras apuraba ese cigarro de marihuana y lo tiraba a una especie de caja que no era el cenicero normal, todo para que no lo viera su hija, la pequeña Sandra. El mundo había cambiado y ya todos sabían los inconvenientes de las drogas o al menos ellos lo tenían claro.

- Amor, -continuó hablando Martha - yo muchas veces echo de menos esa ciudad; ahora no la reconozco como tal. Es curioso, porque recuerdo tanto las cosas buenas como malas. ¿Sabes cuál es la diferencia? Entonces nos pasaba todo extremo, tocábamos el infierno y el cielo el mismo día, ahora estamos continuamente en la tierra sin grandes tristezas, pero tampoco sin grandes alegrías.

James no contestó, simplemente movía la cabeza afirmativamente. Sólo sintió las ganas de liarse otro porro. Y eso hizo, eso sí antes se acercó a su mujer y la dio un cálido beso como si fuera el primero de dos adolescentes enamorados. Ella sonrió y se emocionó pensando que su marido mantuviera esa magia, que ya no quedaba ni en su ciudad, ni en el mundo en general. Esa sonrisa para James, significaba tocar el cielo de nuevo, saber que seguían amándose.

El San Francisco que tanto recordaba ella, se había postulado en América como la ciudad de la rebeldía de la lucha contra el orden establecido. Tras la inmensa bahía se esconden las ilusiones de tanta gente. La gran urbe ha participado en todos los aspectos de la experiencia vivida del siglo pasado. El lugar del respecto, individual, colectiva a la vez tan acogedora como hostil. Señorial hasta el final de la segunda guerra. Después de esto, ya nadie ni nada sería lo mismo. Por un lado anclada en la tradición del tranvía, y por otro lado vivaz en el constante cambio como el color de las flores.

San Francisco se enfrentó al mundo, perdiendo en multitud de ocasiones. Luchó contra los que prohíben y coartan las libertades como un sentido de supervivencia propia. Sin embargo, todavía no ha perdido en la guerra contra el conformismo. Una metrópoli acogedora de marginados de la sociedad, ya sea artistas alternativos, o anarquistas considerados como locos, o criminales, o drogadictos, u homosexuales; en suma ilusos buscadores de la hipotética fortuna. ¡No a la uniformidad, afuera la conformidad, viva el deseo de ser distinto!

Civilización de liberales en busca de un sentido a su vida. Transformada, distorsionada en algunos casos por un turismo, ávido de conocerla, envidioso de esa forma de vivir, cobarde por regresar. El espíritu de la ciudad en la mayoría de las situaciones no puede durar hasta la eternidad porque quema, pero, sin embargo, alegra. Una forma de vida que destruye el corazón, menoscaba la salud. Un camino lleno de cadáveres que echa atrás a tantos y no tienen más remedio que rendirse. Es el precio que se paga por arriesgar.

Las ascuas del día levantan una dulce niebla que ensombrece las calles, tras el azul un centro comercial se eleva, es el imponente " El imperio" grande y moderno para su época, clásico y señorial para su tiempo. El centro de una ciudad luchando por no ser Manhattan. Aquella mañana puede ser un día cualquiera de un año de los sesenta. Montículos rasantes, casas de pan centeno, el centro formado por el conglomerado de la calle

Sacramento, meollo comercial de la calle Market, arropada por Mongotgomery Street y la Union Square.

La misma ciudad de los años cuarenta, intentando salir de los años posteriores a la gran depresión. Aquellos años de desempleo, huelgas, inestabilidad, disturbios; algunos aprovecharon la oportunidad de enriquecerse y prosperaron. "En malos tiempos compra inmuebles" reza el mandamiento de los especuladores.

Después sería la ciudad de los jóvenes poetas de la libertad, anarquistas de la vida, artistas de la pluma, los chicos de la generación beat. Más tarde, en los sesenta, se convirtió en la Tierra Santa de aquellos músicos pasados además de drogadictos. Cruelmente geniales. Maravillosamente desgarrados.

En esta historia es la ciudad del algo que siempre tuvo: El amor, los celos, la música, la alegría, el dolor. Adjetivos de dos personajes más. Porque James y Martha pertenecen a una generación de jóvenes contra el sistema; aquellos que llenaron un Woodstock de ilusiones y pudieron soñar en el paraíso durante tres días, creer en la paz y la armonía, para poco después, vuelta desgarrada a la cruda realidad de este valle de lágrimas. Pero también, jóvenes que se convierten en caldo de cultivo de falsos comerciales, predicadores traidores, ególatras líderes y mentecatos fardones de la libertad.

Jóvenes ensoñadores de un mundo mejor, amantes de sí mismos, Fajándose por comprender sus desilusiones, sus frustraciones. Ciudadanos de Frisco, que tienen una historia que contar, unos amigos a los que llorar, con unos recuerdos que rememorar.

Por los años ochenta, Martha y James no están juntos y llevan el suficiente tiempo sin estarlo, como para no notar sus necesidades. Martha, sigue tan bella aun no siendo ya tan joven. Además, ahora es más conformista. Sin duda ahora está más adaptada al mundo real. A pesar de ello, sufre la inmensa amargura que la provoca la necesidad de querer encontrar su sitio para entender.

Porque, Martha buscaba un sentido a su existir. Cuantas veces había pensado en la levedad de lo que suponía, tan sólo, mantenerse. Sobre sus espaldas cargaban infinidad de acontecimientos dignos de contar pero que nunca querría que fueran relatados. Quería entender y que la entendieran. El ser humano recopila un cúmulo inútil de recuerdos vanos. Un gran problema de un suceso proviene de lo más nimio sacado de contexto y ridícula la atención que pudiera suponer en el momento dado.

Aquel día de su cuarenta cumpleaños Martha recordaba a James, aquel del que creyó no recuperarle nunca más, Y ¡Dios mío! , A la única persona que creía haber querido si esperar contraprestación.

- ¿Porqué las cosas desde la distancia se ven tan claras? Como algo que no se entiende en el momento vivido, después se ve cristalino. Cómo me arrepiento de tantas cosas, pero sobre todo de lo que te hice. Fui una gilipollas sin remisión. Una puta de tres al cuarto.

Martha era una mujer tan hermosa como seca, tan inteligente como fría. Martha no amaba la vida, nunca la había deseado. No se quería a ella misma, permanecía convencida de nunca saber del verdadero amor. En su cuarenta cumpleaños volvió a recordar lo que siempre había sido muy consciente: Esta vida parece una farsa.

Las primeras veces que me acosté con James nunca fueron por

amor. Las únicas veces que lo hice se debieron a que me atraía físicamente, me maravillaba además que él me deseara. Llorábamos juntos las desgracias pasadas. Lo único distinto y que me confortaba era el notar que todo parecía más sentido por mi compañero. Tan romántico, tan preocupado más porque disfrutara yo que por que disfrutara él. Notaba su gran entrega, sus sentimientos, su desprendimiento hacía mí.

Mientras decía esto, no parecía que sus propias palabras la sobrecogieran, tumbada en aquel diván mirando al techo sin apenas moverse.

- Bueno pero eso parece lógico – le contesta su psiquiatra., mirándola fijamente a los ojos – es cuando vas conociendo más y más a alguien cuando le empiezas a amar.

Ella se apresura a contestar, esta vez mirando directamente a los ojos del doctor:

- No sé si he esperado a alguien lo suficiente como para poder empezar a amarle. Al menos, si a alguien he amado es a él. Desde luego tengo claro que a los demás no.

James había nacido en la California de 1947.

James podría haber disfrutado con todas las mujeres a su alcance menos con Martha. Enloqueció por ella y ella lloró por su locura.

James siempre tuvo claro que para cualquiera que la conociera el describir a Martha supone un esfuerzo interminable de bellos y poéticos adjetivos. A simple vista ella puede parecer no para tanto, no es extraordinaria, su belleza te alcanza por sorpresa; se descubre sorbo a sorbo, mirada a mirada, expresión a expresión. Martha es de estas personas de las que cada vez descubres algo nuevo, terminando por configurarla como de una belleza fascinante, así era. Engancha con el tiempo, atrapa hasta la desesperación hasta pensar que no puede existir nadie más.

Con tan solo la edad de unos meses, la madre de Martha cruzó con ella la frontera hacia Estados unidos. Rosa se llamaba. A diferencia de otros mexicanos, no iba en busca del ansiado Dorado. Lo había logrado con anterioridad, sin un interés expreso en ello. Su viaje parecía tener sentido por la seguridad de saber que las esperaban con los brazos abiertos, pues tenían a un esposo pudiente que las alojaría, amaría y sustentaría en San Francisco. La vida parecía solucionada para aquella madre luchadora. Repasa una y otra vez la carta de su amando:

> Cariño, aquí tienes todos los detalles, ya te mando en cuanto a llegue a San Francisco todos los datos del billete. Te irán a buscar en la estación, no te preocupes de nada, yo te lo soluciono todo. Tampoco vas a tener problemas en migración con esta carta mía. Está todo pensado.

Esto era algo nuevo para la preciosa Rosa que desde corta edad, tuvo que mantener a sus hermanos pequeños. Su hija Martha, parecía tener un gran futuro en el país de la esperanza, parecía que nunca pasaría por las vicisitudes de la atribulada madre. Eso le llenaba de seguridad, además amaba a aquel hombre con el que se había casado, y eso la llenaba de felicidad.

La familia y el recuerdo

El padre de James llegó a adquirir una relativa fama en los años cuarenta. Tocaba la trompeta. Su banda había dado la vuelta a los Estados Unidos. Cuando no se hallaba de gira tocaba de forma permanente en un club de jazz de la ciudad de San Francisco. Un músico bohemio de los que tanto maravillaron inundando la escena del jazz de arte.

Su madre se ganaba sobradamente la vida como actriz de cine quizá de menos virtuosismo pero mayor fama que su padre. Famosa actriz, más notoria por las apariciones en las revistas y fiestas 'Hollywoodienses' que por su profesión, al menos en los agraciados aparentes mejores años de su juventud. Poseía un hablar pausado casi británico, vestir de suma elegancia, cuello elevado para llevar su redonda barbilla en treinta grados sobre la horizontal mostrando amplia gama de joyas. Siempre iba muy maquillada para darle a su belleza más íntima palidez de expresión. Todo en conjunto hacía sospechar que aquella mujer nunca dejaba de actuar. Pero, ¿Quién no teatraliza su existir a lo largo de su vida y en infinidad de ocasiones? Pareciendo más real los sueños y deseos de cada uno, que la cínica cotidianeidad diaria.

Su comienzo en la ciudad fue en las obras clásicas del teatro anglosajón. La ocasión le llegó después de su aplastante triunfo interpretando a 'Lady Macbeth'. Después, no le faltaron ofertas, al menos las suficientes como para salir de la bohemia de mucha notoriedad pero de poco lucro como es el teatro, a una carrera de fascinación y fama bajo el poder del maravilloso cinematógrafo. De Frisco a Hollywood, por su pálida belleza y demostrada capacidad. El mundo de Hollywood le llegó poco antes que su temprana boda con aquel virtuosos trompetista negro de su ciudad. No obstante, es bien cierto que por él la estirada princesa del encanto lo dejaría todo, a pesar de la mala prensa que le reportaba aquel matrimonio, tan poco conveniente para el amarillento, por no decir mugriento, mundo de los estudios de cine.

Cuando se conocieron, Liz representaba la comedia de Shakespeare de "mucho ruido y pocas nueces" donde él la iba a ver todos los días en sesión de tarde. Un día se armó de valor, entonces la invitó a uno de los conciertos que daba en el club. Ella, en aquellos momentos de forzada mentalidad bohemia, no lo pudo rechazar, y fue al concierto. Después hablaron. Luego no pudo evitar su enamoramiento de aquel hombre que tanto le gustaba.

- Gracias por venir, para mí es un gran honor que esté aquí..

Decía con gran sinceridad el joven trompetista ante la emocionada presencia de aquella increíble actriz

- Por favor no me llame de usted que me hace vieja.

Contestaba ella con aparente rubor.

- Perdone por ello... digo perdona por ello. Es por los nervios. Espero que podamos quedar algún día. ¿Qué haces mañana por la noche?
- Ya sabes que trabajo, pero mi próximo día libre te concedo que me sorprendas y lo pasamos juntos.

Le retó claramente dándole más que una esperanza. En realidad, ella ya deseaba a ese músico tan terriblemente atractivo.

Ese día libre fue el comienzo de una larga vida en pareja…

Martha se encontraba mirando aquellas fotos de James y no pudo evitar el ponerse a llorar. Aunque ella nunca hubiera estado seguro, era innegable es que había sentido verdadero amor por él. En sus pensamientos podría andarse con regates... no tenía la certeza pero si el sentimiento. Su psiquiatra se o decía. El problema es que ella, en el pasado, había tenido una idea equivocada de lo que en realidad significaban amor.

Pero ella, seguía sin estar segura. Tan sólo sabía que sentía que le echaba de menos, que quería que él estuviera allí de nuevo, para acariciarla, hablarla y quererla.

Muchos años habían pasado, demasiadas falsedades, tremendas desgracias, en general una vida de fatalidades. Demasiado duro para aquella pequeña hija de mexicana que parecía que iba a tener la vida solucionada.

Cuando llegó con su madre a Estados Unidos vio un mundo totalmente distinto del esperado, porque la mentalidad de aquel marido, iba a tornarse. Un americano que había ido a Méjico huyendo de la vida que le había tocado vivir de mucho dinero, pocas alegrías, poco amor, mucha ambición. Aquel hombre, su padre, Ian, que vio en Rosa un corazón caliente en el que confortarse con la vida, reconciliarse con su pasado. Todo pareció en vano, pues de vuelta a San Francisco había vuelto a las ligaduras de su gran adicción, el trabajo.

La decepción de Rosa debió ser tan grande, como tan magnifica había sido su ilusión cuando dejó México y se despidió de sus hermanos para empezar una buena vida. El conformismo fue su realidad, al tener tan sólo como referencia al animal de su padre, cualquier hombre parecía ser mejor.

Martha quiso ser distinta y no entregarse por completo a ningún hombre. Quería ser diferente a su madre, pues pensaba que ella se había jugado todo a una carta y, además, había perdido. Actitud la de Martha que se podría considerar demasiado peligrosa por ser a una mujer confiada, poseedora de un encanto especial para los hombres más complejos.

- Hija nunca te dejes engatusar por un hombre, ellos se encaprichan y te olvidan con la misma facilidad.

Martha recuerda esas palabras de su madre cuando ella tan sólo una adolescente.

- Las mejores palabras. proseguía dando cátedra- son el más claro significado de que él sólo quiere cama. Tenlo en cuenta cariño, siempre es así. Por lo tanto, disfruta todo lo que quieras... busca los mejores en la cama, que te aporten el mejor sexo, que te hagan disfrutar. Busca el orgasmo, no el enamoramiento estúpido.

La niña, ya con un pecaminoso cuerpo de mujer no entendía del todo pero si intuía lo que su madre quería decir. Sabía que su madre estaba preocupada por la pequeña y preciosa mujercita que tenía en frente.

En todo eso pensaba Martha en su cuarenta cumpleaños, todo esto se entendía ahora, con la perspectiva que da el tiempo. Cuando Martha se dio cuenta que, por ejemplo, los camioneros nunca le habían soltado un piropo cuando conducía su descapotable Por el contrario, un mítico cantante se había puesto de rodillas suplicándola que se acostara con él. Era, por decirlo de alguna forma, una belleza elitista, como una obra de arte que tan sólo los más preparados estaban sensibilizados para poder admirar. Además, Martha no se valoraba lo suficiente, y desconfiaba de los hombres. Demasiados elementos para hacer su atracción como algo mucho más inocente, vergonzoso e incluso infantil. Es decir, ella era demasiado tentadora para mentes que presumen de creerse complejas. Sin embargo, los únicos que la habían tratado bien, fue ella a quienes falló. Ironías de la vida, los sentimientos son demasiado entramados para poder tener algún sentido cuando aun existiendo alguna lógica, hay que encontrarla.

Martha nunca pudo perdonar el conformismo y el consentimiento de su madre; una mujer fuerte derrotada por la desilusión. Por ello intentó cambiar el manejo de su vida, ahora a sus cuarenta años, siente cierta frustración. Tan sólo le queda la sombra de la esperanza de volver algún día a humanizar aquellas fotos que ahora mira y que parecen tan reales como distantes. El rememorar el pasado no sirve de nada, a no ser para avanzar hacia el futuro con pie decidido. Como prediciendo lo que iba a pasar, Martha está profetizando sin querer los acontecimientos tan felices que le sucederían en los días venideros.

La bella niña de los ojos azules lo merecía, iba a tener la oportunidad de amar de nuevo. Pero ella seguía recordando los "consejos" de su madre, siendo todavía adolescente.

- Cuando un hombre te de todo, primero acepta y luego analiza si merece la pena seguir con él. No dudes en romper radicalmente la relación cuando no te aporte más. Pero ojo, siempre puedes tener una pareja para aprovecharte y un amante para disfrutar de tus necesidades.

Martha con quince años, se sentía algo escandalizada por estas conversaciones, ella que como mucho una vez se había masturbado pensando en un amigo de su padre que tanto se sentía enamorada, no entendía esta forma de hablar de su madre, tan del estilo de las amigas de su edad. Además, miraba su cuerpo y no le parecía tan irresistible como su madre le comentaba. Se veía una pequeña algo gordita con los pechos demasiado grandes.

La prosperidad

En los años treinta trabajar como promotor inmobiliario en San Francisco conllevaba una importante fuente de dinero. El padre de Martha, fue uno de los pocos triunfadores de la depresión del 29. Aprovechando una situación que le dio alas para montar un pequeño imperio inmobiliario en la ciudad de las cuestas. Arriesgó y aprovechó el mercado barato para enriquecerse. Ganó mucho dinero. Era una época de plena reconstrucción, donde se sustituyeron las casas señoriales por bloques de apartamentos, torres de oficinas y grandes centros comerciales, en toda esa fiebre constructora estuvo el irlandés como uno de los más activos.

Mafioso además de oportunista, pero sobre todo dotado de una gran inteligencia, empezó a trabajar de repartidor de periódicos a temprana edad, y pronto se convirtió en millonario. También aprovecho su atractivo primero y después también su poder monetario, para tener grandes conquistas con todo tipo de mujeres. Su mayor virtud era su capacidad de cálculo para predecir los acontecimientos, para encontrar oportunidades de negocio.

A pesar de todo y aunque pueda parecer increíble, tenía una costumbre que no había perdido desde muy temprana edad, llorar todas las noches, esperando ser feliz al día siguiente. Su autosuficiencia por el día se convertía en la debilidad de un niño pequeño que tiene miedo a la oscuridad, al silencio por la noche; temor motivado por la capacidad de reflexión cuando paras, pavor a sentirse lastrado de sus actos. Lloros del niño caprichoso que el dulce no le basta.

No importaba si dormía sólo o acompañado de alguna de las furcias que se buscara. Tampoco era impedimento que estuviera en casa o fuera de San Francisco por algún tipo de negocio. No fallaba, el siempre lloraba cuando las últimas luces se apagaban.

Quizá era ya un acto instintivo, tal vez su mente sabía que no se sentía a gusto con su forma de actuar, es posible que actuara en contra a su moral. El caso es que no era feliz. Tan sólo una vez se paró a pensar en ello, en vez de llorar, tomó una decisión, y la decisión era descansar con unas largas vacaciones.

Por ello, tan sólo dejó el llanto nocturno cuando amó esos meses a la madre de Martha. Las playas del Méjico septentrional al lado del pacifico se configuraban como el lugar ideal para relajarse. Justo lo que pensó antes emprender el viaje. Le sucedió lo mejor que le iba a ocurrir durante todo el resto de su vida, encontrarse con aquella mujer de canela, de baja estatura pero tan estilizada que le perturbaba. Le excitaba en sobremanera su cara de fantasía, sus grandes ojos negros, el pelo lacio y negro como el carbón, una nariz deliciosa terminada en una coqueta punta con un pequeño lunar. Sus pómulos abultados pero no excesivamente con la boca menuda pero con unos labios tentadores, sensuales, pecadores. Detrás de ellos sobre todo y tan solo cuando sonreía mostraba una dentadura perfecta. La madre tenía un cuerpo de ensueño, sus pechos eran mayores que pequeños, tan redondos que constituía un escote precioso. Sus hombros eran huesudos, sus finos brazos, magros y lleno de lunares. Tenía una cintura de lasciva finura y unas caderas de perfección elíptica. La espalda era un cúmulo de formas acabando en la redondez de un bello trasero. Piernas delgadas pero musculosas. Lo más excitante de ella era su piel, ese tacto entre meloso y espeso del que toca una piel de mujer tan particular. Una percepción que tienen ciertas personas que hace imposible olvidar el saber que has amado con ella. Una sensación que te hace recordarla más incluso que su perfume, sus ojos cautivadores o su delicioso pecho. En definitiva un recuerdo imposible de obviar, tan absolutamente sensual que te puede hacer rememorar toda una vida.

¿Por qué aquella persona volvió de México a su trabajo habitual? Tenía dinero y motivos para dejarlo todo y empezar una nueva vida. Seguramente pensó que podría tener todo, que estaría trabajando en San Francisco y disfrutando de la compañía de su mujer. Estimaba que ese era el mejor lugar para criar a su pequeña hija. Sea como fuere, volvió a su esclavitud laboral, a su activismo político y a sus juergas nocturnas de alcohol, drogas y mujeres que evidentemente dejaban poco tiempo para cuidar y acompañar a su familia.

La locura

James a sus treinta tres años se encuentra recluido en un centro psiquiátrico en las afueras de la ciudad. El motivo de su ingreso es un 'shock' producido por una traición amorosa de Martha. La enfermedad es que piensa que vive con Martha, le habla, se acuesta con ella, juegan juntos a las cartas, van a empezar una gira mundial... Ella es la cantante de la gran banda que han formado, la cual triunfa en todo el mundo. Conforman una pareja dichosa y triunfadora, que no recuerda el pasado. Todo inventado en la cabeza del enfermo.

La vida de éxito lleva a tener todo demasiado a mano como para poder valorarlo. Acostumbrado a que le dieran todo, un revés como el rechazo de lo que más ama, hace negar la evidencia, su cabeza estalló en la sinrazón de encontrar una explicación a lo sucedido. No obstante su expresión era cavilosa, de ojos francos rasgados, esos ojos de alguien que siempre parece encontrarse meditando en la tristeza de esta vida. Mirada al infinito que parece sobrepasarte como si fueras invisible, como si quisiera ver lo que hay detrás del otro, nunca lo que hay dentro. Visión poco esforzada de intentar llegar a conocerte. Pero sus rasgos físicos eran los de siempre, no habían sufrido la deformación gesticular a las que algunos lunáticos se esfuerzan en exagerar, demostrando y connotando su actuación.

James tenía una nariz platirrinia, prominente con forma de pico de aguilucho, pendiente de su presa, aletas en permanente dilatación, queriendo olfatear todo el sentimiento que sus ojos no quieren alcanzar. Porque la visión se convierte en, con diferencia, el sentido más aflictivo. Si te enteras de oídas que tu mujer se acuesta con otro, la rechazas, la chuleas, la dejas, la perdonas; Si la ves acostada con otro la odiaras porque de vez en cuando la imagen imposible de borrar, te causará un daño tremendo, insufrible anhelo eterno del deseo de que nunca lo hubieras visto. Al menos eso le pasaba a James.

La residencia psiquiátrica se antojaba de lo más típica, y típico de aquella época, reflejo, de cierta apertura pensando más en el tratamiento de enfermos más que un lugar de cautiverio de locos, pero manteniendo los vicios del pasado. Palacete clásico con tres plantas e infinidad de ventanas con rejas, entrada de camino de arena, haciendo rotonda justo en la puerta del edificio;

- Cuando iba, pasaba casi todo el día, pero me permitían volver a mi casa todos los días a dormir además del pase de fin de semana del que disfrutaba; durante una época de delirios estuve al menos tres meses ingresado las veinticuatro horas del día, pero no tengo muchos recuerdos de esa época, y si la sensación de estar en una pesadilla de tres meses. En los pases de fin de semana apenas salía de la casa de mis padres por el tremendo complejo que sentía de mi condición. Tampoco tenía amigos que vinieran a verme a casa, porque yo me negaba a recibir a nadie.

Lo peor de aquel 'asylum', parecía sin duda, la medicación. La impotencia de no saber rechazarla. La melancolía que me desvelaba, arrebataba mis sentidos y mascullaba en sueños, motivado por mi supina rabia.

Aquella desgracia, es la que motivo mis falsas visiones. Realmente te veía, anhelando permanecer contigo. No quería que ese sueño desapareciera, no deseaba despertarme de una vida irreal. Cuando perdía ese sentido de evasión caía en la más absoluta inmersión, frustrado por el sin sentido de las circunstancias; arrancaba con ataques suicidas y de rechazo social a todo lo que me acorralaba.

Supongo que no esperaba volver contigo, no pretendía perdonarte por que tenía recelo, prefería la imagen ilusionada que rememoraba de ti en mis paranoias. Además, tenía pánico a que no me quisieras; a pesar de que estaba en la certeza que tu engaño fue pensando en mí, lo habías hecho por venganza. Así especulaba, no obstante la duda me carcomía- Claro que también yo podía ser un hombre más en tu vida; pensar en eso no lo podía soportar. No estaba preparado, era débil, mucho más de lo que me había imaginado.

Además, todo agravado por la multitud de pastillas que estaba tomando que me estaban trastornando si cabe más. Las rondas que se repetían con los psiquiatras del centro, me horrorizaban; querían escuchar un subconsciente que se encontraba a la vista de todos.

Aquel comité de psiquiatras, formándome preguntas estúpidas. "James, si sigues así, jamás podrás salir de este lugar" me decía mi psiquiatra tutor. Me daba pavor. Además, él también despreciaba al director de la institución, y creo que ese desprecio era mutuo y eso era contraproducente para mí.

Era una sala de reuniones pero en formato de Jurado de exámenes Universitario. Me estaban pues examinando de una prueba que suspendí siempre. Todos ellos se sentaban en el comienzo de la sala, una mesa alargada que les abrigaba, con un mantel que llegaba casi hasta los suelos con el emblema de la casa. Mientras a los pobres locos nos colocaban en una simple y fría silla enfrente de ellos, al estilo proceso 'kafkiano'. En las paredes, todos los insignes directores de la Institución en aburridos y discordes cuadros. Me hacía especialmente gracia la situación del actual director, que estaba sentado justo detrás de su retrato, era macabro. Juro que la imagen de la pintura tenía más sentimientos que él, parecía justo lo contrario del retrato de Dorian Gray.

Poca luz en la habitación, a pesar de los grandes ventanales que había a un lado de la habitación. Mantenían las ventanas con unas feas cortinas que no permitían que entren los rayos de la vida y la esperanza, sin tener en cuenta las posibilidades de dicha sala.

Las cortinas me hacen recordar en ese momento la imagen de un pobre enfermo que explicaba que había un colegio de niñas adolescentes al frente, y se masturbaba en todas aquellas colgaderas, porque decía que ellas estaban jugando al jockey hierba. A mí me divertía porque me parecía una protesta, cuando menos original. Era gracioso como volvía locas a las enfermeras, siempre el tipo con el "rifle" preparado para dar una de sus particulares ráfagas.

La cuarta pared era una pared, desnuda esperando a llenarla con nuevos directores que estarían por llegar para jodernos la vida:

- Amigo James, ¿Cómo está hoy?, ¿Ha dormido con Martha? – empieza preguntándome el desubicado tutor que me había tocado en desgracia. Un joven y brillante psiquiatra que no creo que pudiera aprobar demasiado los procedimientos de aquella institución a pesar de todo había avanzado. Recuerdo su aspecto de joven general Hitleriano, estilo Goebbles. Portaba unas diminutas gafas redondas, y pelo muy corto, parecía imberbe y era bastante delgado. Llevaba siempre trajes marrones con chaleco de mismo color. Parecía un buen profesional y bastante buena persona. Sin duda, tanto por su juventud como por su personalidad desentonaba del resto.

- Estimado tutor, usted y yo sabemos de sobra que no he dormido con Martha, ella no está aquí, estoy en un psiquiátrico porque estoy loco por ella, y no puedo admitir el no estar con ella. ¡No me hagan preguntas tan tontas por favor¡

Era una reacción típica mía, admitir mi propia locura cuando me seguían la corriente. Yo sabía que era todo imaginado, pero es que prefería soñar que vivir la realidad. En ese momento tomó el turno, el insigne Director del centro, el sabio psiquiatra de casi ochenta años. Un hombre desagradable que tenía el resentimiento en su mirada, catadura angosta, rostro rugoso, enorme nariz con canosos pelos en sus orificios de tamaño pozo, corta frente y ojos de odio negros zainos.

- No diga eso amigo James, no nos dé la razón como a locos, aquí el enfermo es usted, y no nosotros, no aparente que está bien para que le dejemos salir, nuestros informes reflejan claramente que usted cree estar con Martha en todo tiempo y lugar.
- No, doctor, - me apresuré a contestarle, ahora con la voz nerviosa y entrecortada - permita que le diga, y voy a ser sumamente franco; a veces es verdad que enloquezco creyendo estar con ella, porque no aguanto su ausencia y eso es lo único que me hace sentir feliz, pero nada más.
- Vamos, vamos querido amigo, - me volvió a contestar el responsable- usted lo que quiere es salir de aquí, para campar libremente con sus locuras y drogarse con LSD y toda esas muerdas que toman ustedes los hippies; Verdaderos parásitos de la sociedad que nos está suponiendo mucho dinero para el pueblo americano, que pagamos con nuestros impuestos los excesos de ustedes.
- Permita que le diga, que la mierda que me está metiendo aquí, sí que es un verdadero caldo de drogas de lo peor. Creo que me quiere tener aquí,

y quiere cada vez tener más gente para que el estado le pague, para usted tener más dinero.

El clima de enfado iba creciendo cada vez más. Era evidente que el Doctor estaba personalizando demasiado, causando verdadera incomodidad a sus colegas y cada vez sacándome más de mis casillas.

- Mira hijo, estaba pensando una cosa, bueno voy a ser bondadoso y a pesar de ser un insolente se lo voy a decir, Martha le está esperando hoy en la sala de visitas, queremos que la vea.
- Martha, ¿De verdad? ¿Está fuera?!Quiero ir a verla¡ ¿Ha venido a verme? No lo puedo creer.

En ese momento quería ver a Martha, quería que nos abrazáramos, pedirla perdón y decirla que la perdonaba. Por alguna razón extraña estaba dispuesto a verla. Me encontraba emocionado, excitado y loco de alegría.

- Claro hijo.

Me llevaron y allí no estaba ella, tan sólo una enfermera. Mi frustración fue tremenda, aunque había sospechado de la posibilidad de que fuera una cruel mentira, no pude evitar e sentirme frustrado. Empecé a sollozar, a berrear, mi imagen era patética, yo mismo me daba cuenta peor no lo podía remediar. Creo que el director quería probarme, pero también pienso que cualquier persona aún estando en su sano juicio con mi medicación hubiera tenido una reacción similar. En ese momento me di cuenta que era todo un sinsentido, que tan pronto quería ver a la verdadera Martha como vivir con la falsa; e incluso empezaba a confundir realidad con ficción. Mi tutor se apresuró a llevarme a mi habitación antes de que fuera el asunto a más. Parecía apenado y me dijo:

- James, no te preocupes yo te entiendo, pero no puedo hacer nada por ti.

Mientras oía al distinguido director señalar que estaba claro que no estaba curado, y que había tenido otro ataque de esquizofrenia que se debería incluir en mi historial.

Pues yo era como un niño al que se le había muerto el perro que lo negaba jugando con un peluche. No era más que eso... ellos desentrañaban mi juventud, mi niñez, mis vivencias con mis padres. Parecían realmente ofensivos, esforzándose por hacerme sentir mal; ¿A dónde querían llegar?

¿No deducían que me moría por el amor de mi vida? Mi muñequita, mi mujer, mí admirada amiga, mi sirena revelada por los dioses, mi pecado, mi panacea, mi angustia, mi locura. ¿No comprendía que lo único que me tocaba era vivir con ella? Compartir unas palabras, beber con champaña, comer juntos, juntar la confortable almohada de la placidez. ¿No se percataban que para mí eso se convertía en imposible en el mundo real? Prefería imaginármelo y negar todo.

¿No lo intuían? Sí, tuvieron que entenderlo, pues yo se lo expliqué. Estaba enfermo, descubrir la enfermedad parecía sencillo, complicada se antojaba la solución.

Todo fue en vano, cada vez tenía menos claro como debía reaccionar, si hacerme el loco, si intentar dialogar o es que a lo mejor estaba de verdad loco. No podía más y lo que era peor y a pesar de todo no sabía como diablos olvidarte.

La niñez

James nació en el Hospital General de San Francisco en el año 1946, salió en los periódicos de información local además de en alguna que otra revista de varetees de la época: la gran actriz había tenido un hijo con el famoso trompetista de "jazz". Era una pareja famosa y exótica, pues no hay demasiadas parejas mixtas famosas para alimentar al populachero de toda clase de comentarios, como de suposiciones. Su vida ya comenzaba marcada por el halo racista de la nación. Pero curiosamente eso hizo que se exagerara su fama.

La educación del hijo fue bastante dirigida desde un primer momento a los deseos del padre. Él, que obsesionado en exceso por la música quiso que adquiriera conocimientos desde temprana edad. No le resultó demasiado complicado inculcarle sus gustos por el pentagrama. El joven James hubiera amado la música aunque hubiera nacido en una familia de sordos.

James desde pequeño encontraba en su padre un modelo a seguir. Amaba la música tanto como su ancestro. Su padre no era un cualquiera en el mundo de la música americana del momento. Más virtuosismo, que reconocimiento. Ganó mucho menos dinero que luego cobrarían en décadas posteriores otros músicos de éxito. Tampoco necesitaba más de lo que le permitiera vivir, y seguir tocando; bueno mejor dicho, tocar, entonces seguir viviendo.

La mayor intensidad de creación 'Jazzística' se trasladó a la ciudad desde finales de los cuarenta. Ray empezó a tocar la trompeta, el saxofón y el clarinete en la famosa banda de The Fire, en el Dawn club. Allí permaneció durante unos años que le sirvieron para adquirir experiencia, depurar su técnica y aumentar sus conocimientos musicales. Con el tiempo el público se hizo más frío, se predecía el agotamiento del movimiento "Nueva Orleans Jazz". Había que cambiar, encontró un motivo de evolución y se sintió fascinado por la generación beat, le hizo partícipe de lo que se llamó "El renacimiento de San Francisco".

Se puso a trabajar con avidez. Recicló un club de North Beach y allí formo su propia banda de 'modern jazz' con tres compañeros de la banda anterior además de dos mejicanos. Con ello le dieron a la banda un toque de jazz latino. El club era maravilloso, se llenaba todos los días de un clima de libertad. La mayoría eran afro-americanos, pero también iban anglosajones, latinos, orientales… éxito a pesar de que la música blanca joven de tres acordes básicos con ritmo frenético comenzaba a arroyar y destronar a las viejas 'big band' de "jazz". No obstante, ellos, aun manteniéndose aparentemente al margen, si aprovecharon elementos de cualquier música, sin hacer ascos a lo nuevo. El club mantuvo su auge hasta el año 65 cuando el grupo se embarcó en multitud de giras por Europa y Japón donde eran muy considerados entre los más entendidos. Lucharon contra viento y marea para ser muy grandes y lo fueron durante bastante tiempo, después del 65 las modas cambiaron y los grupos de jóvenes, la ola de la psicodelia cambiaron el entorno musical de Frisco. Les tocaba el turno a otros. De todas formas el Club se mantuvo hasta la década de los ochenta luchando contra viento y marea y abierto aunque no diera beneficios.

Al padre de James la enfermedad de su único hijo le ha pillado por sorpresa. Sufre mucho cada vez que le visita al psiquiátrico. A pesar del dolor interno, actúa con mucha naturalidad y le sirve de ayuda. Él siempre fue la guía del pequeño James y ahora, le había tocado retrasar el momento de jubilarse como educador a su vástago.

La sociedad

La ciudad de San Francisco vivió su peor época intentando emerger de los años posteriores a la gran depresión del 29. Desempleo, huelgas, inestabilidad, disturbios. En estas situaciones siempre es una buena ocasión para que personas oportunistas hagan colosales fortunas.

Aquí no fue la excepción. Algunos se enriquecieron, prosperaron. Es el caso del padre de Martha. De familia emigrante de la tierra irlandesa de los valles verdes huyendo por la crisis de la patata, teniendo un resurgir afortunado en unos de los promotores inmobiliarios del enclave de la calle Fillmore. En el amanecer de los cuarenta, aquel lugar se transformó en un enclave de judíos, negros y sobre todo japoneses. Se estaba perdiendo el esplendor de la ciudad señorial del siglo pasado, sin embargo, una fiebre constructora llevó al niño repartidor de periódicos a construir los famosos apartamentos de las casas victorianas donde vivieron sus ascendentes de Misión. La expansión constructora de Ian le llevó a establecer sucursales en los barrios de San Mateo, Santa Clara, San José en la Alameda... No hay tiempo para nadie, sólo trabajo para amasar importantes sumas de dinero... Mientras crecía su patrimonio, conoció, decreció y olvidó su matrimonio, apenas la prestaba atención. Su hija Martha era más una molestia que una alegría. El tiempo libre no lo compartía con su familia sino que frecuentaba los lugares de moda de la clase alta de la ciudad, como parte de su inacabable trabajo. Él es socio del Olympic club concurrido por los más poderosos emigrantes Italianos e Irlandeses. Esta clase de vida va extinguiéndose al final de la guerra. Un grupo de personas se resistiría a cambiar esta forma de vida continua durante los cincuenta. Cada vez había menos gente dispuesta a mantener un San Francisco señorial casi decimonónico. Curiosa paradoja, al haber sido, él uno de los "culpables" de la transformación física de la ciudad. El cambio de la ciudad llevó a Ian a la mayor de las depresiones, más que antes de la escapada a México. Cada vez más encerrado en su despacho teniendo en cuenta que lo poco que le quedaba de cariño a su mujer o a su hija estaba desapareciendo.

En los cincuenta Ian se convirtió en un fuerte activista contra la generación que él consideraba de vagos y maleantes. Esa especie de poetas ridículos llamados la generación beat que rompían con lo que para él era San Francisco. Como sayón del arte moderno, se entretuvo durante muchos años escribiendo artículos contra ellos o manifiestos de una parte de la colectividad de la ciudad así como también gran parte de los ciudadanos americanos de otros estados totalmente en contra de aquellos bohemios que mal vivían en North Beach. Ian los consideraba los culpables de que la urbe no fuera la materialista y ultra conservadora de los cuarenta. Los perseguía por anarquistas, por no trabajar, por drogarse; gran cinismo por su parte, pues era un abusador del alcohol y las drogas en los clubes, pero para él no era lo mismo.

No paró nunca a pensar que él había sido feliz cuando más libre había vivido disfrutando del amor de una maravillosa mejicana. Egoísta además de contradictorio, Ian dejó mucho desconsuelo a las personas que le rodeaban. Llegó a maldecir San Francisco pero nunca fue capaz de irse a vivir a otra ciudad. Esclavo de su existencia, fanático del conservadurismo, un hombre sabio echado a perder por lo ambicioso del poder.

Nunca supo que su mujer, Rosa, aquella mejicana, aparentemente inculta se había transformado en una de las más fervientes admiradoras del movimiento literario que su padre que con tanta intensidad había odiado. Frecuentaba la librería en North Beach " City Lights". Famoso lugar donde amistades como Peter D Martin o el notorio poeta Neoyorquino Ferlighetti, aparecían.

Todo parecía algunas veces más una rebeldía contra su marido, que una convicción literaria absoluta. Él no sospechaba, puesto que pensaba que estaría en algún honorable club de "señoras" de San Francisco. No más lejos de la realidad, ella acudía a las tertulias que se organizaban en los locales cerca de la playa. Vivió engañada por su mujer. Rosa tuvo una intensa historia de pasión con un poeta mestizo, lunático y vividor. Ella no amaba a ese libérrimo. Ella deseaba acostarse con el personaje. Siempre tuvo claro que a quien amaba era a su marido. Pero se sentía bien, en aquel circulo, con lo que no la importó saber que era deseada por otro hombre inteligente. La llenaba en parte el vacío que había dejado su marido en las arenas de aquellas playas mexicanas.

Conocerse

De muy alta estatura, James superaba por poco el metro y noventa centímetros. Un mulato pilongo, casi escuálido. Sus ojos eran de color canela. Larga figura, altiva segura de sí mismo con el mentón por encima de la horizontal. Cejijunto, pero elegante. Elegancia hippie, pero elegancia. Llevaba el pelo largo, totalmente lacio, siempre limpio, parecía la cabellera de un indio; por ello en muchas ocasiones se lo recogía con una coleta. Barba poco poblada, constituyendo una línea desde las patillas, para romper la dirección noventa grados hacía su perilla, que tapaba un fuerte mentón partido. No parecía tener complejos, no debería tenerlos, nunca sería rechazado por asimetría, y sí por soberbia. El físico de James gustaba a las mujeres, unido a su arte, su seguridad en si mismo, las encantaba aún más.

Esa noche en el psiquiátrico, mientras intenta dormir llorando, echo un rastrojo de lo que fue y todavía aturdido por lo ocurrido por la tarde, intenta consolarse repasando la primera vez que vio a Martha.

Recuerda que aquella niña no le llamó la atención. - Ese día, yo estaba acompañado de una rubia modelo con la que llevaba unas semanas. La rubia por lo menos la sacaba dos cabezas, parecía más delgada, transportaba dos quilos de maquillaje. Por otro lado era absolutamente gilipollas, es decir, la típica tía con quien estas porque ella ha querido y no te complica la vida en lo más mínimo, presumes que te la follas además de hacer bonito cuando paseas con ella. Repaso en mi memoria la primera vez que vi a Martha. Ni presté atención cuando me la presentaron como una joven cantante que tenía un grupo de folk. Tras escucharlos, me di cuenta de que existían como una versión pésima de "The mamas and the papas" , con la particularidad de que ella cantaba sola y que los que la acompañaban eran unos paquetes. Todavía pienso que pusieron bastante empeño en acomplejarla para que no destacara, en cualquier otro caso no se podría explicar que siguiera en ese grupo. Esfuerzo vano, pues ella era especial para la gente que sabía verlo en su mirada. En un primer momento no me percaté porque estaba mas preocupado por mi fama de engreído, maduro y duro, que tenía todo claro en la vida¨

Antes del aburrido concierto de Martha, decidimos como casi todas las noches acercarnos a otros lugares de "North Beach". A los distintos cafés, donde tocaban grupos de "jazz", música "beat" y "folk". En la avenida "Upper Grant" se ubicaba uno de nuestros locales favoritos, el "Coffe and confusion". En aquel garito fue donde escuchamos por primera vez a la mujer que mejor supo transmitir el tormento de la existencia, la tejana de voz aguardentosa, Janis. Un verdadero portento de la música con la que alguna vez compartimos escenario. Lecho, drogas, alcohol, tantos amigos como amantes, lo participábamos todo. La soberbia Janis creo que estuvo enamorada de mí, bueno más bien de mi guitarra. Quería que fuera un 'big brother'. Nunca llegamos siquiera a acostarnos; y eso que ella era los segundo que solía hacer después de ofrecerte un bourbon. De todas formas en aquella época creía que todas mis amigas estaban enamoradas de mí.

En ese momento James se retuerce en su cama, arrepentido de su soberbia en el pasado y muerde la almohada para intentar llorar pero en vano. Se tranquiliza y sigue rememorando:

Esta vez ella vino con nosotros para ver al grupo de Martha. Constituíamos un grupo bastante numeroso. Yo siempre estaba atento y cuidaba de mi gran amigo David, que estuvo divirtiendo, con su encanto natural, a Janis y su amiga Lisa. Lisa era la hija del dueño de una conocida multinacional; pero ella, al igual que nosotros, soñaba con la cultura nueva, además, la encantaba fotografiar a sus amigos, acompañaba a Janis, otras veces a Jimmy, y creo que a muchos más. También nos acompañaba el guitarrista de los Cheap, un gran tipo, y buen músico que ahora no recuerdo el nombre. Junto con el cantante de "country" Kris, acompañado por una mujer que no conocía, y por ello a la que apenas la dirigí unas palabras. Nos sentíamos como el alma del San Francisco de nuestra época, quemábamos la ciudad con el alcohol que consumíamos, la ceniza de la marihuana que fumábamos y el LSD que tomábamos. Después de todos, vivíamos deprisa, entendíamos esos consumos como no demasiados dañinos; los avisos fueron oportunamente presentados después. Además, por suerte o desgracias, nos llevaba a ser más creativos, profundos, divertidos. Vivíamos muriendo poco a poco; nuestros jóvenes cadáveres recopilarían un buen número de anécdotas. En ese momento no temíamos a morir jóvenes, hasta que un carrusel de desgracias nos hizo temer el acabar con nuestros jóvenes huesos por el suelo. Creo que ver como las personas cercanas morían por las drogas, nos dio a entender muchas cosas que anteriormente no queríamos ver.

Después fuimos al concierto. Esperábamos a que comenzara tranquilamente bebiendo "bourbon", fumando marihuana. Apenas, una vez comenzado, escuchamos la actuación de aquella formación de la comuna "Family dog"en la que cantaba la pequeña Martha. Nuestras expectativas de que nos deleitara eran mínimas, pero era el único concierto programado en aquel lunes, nebuloso, húmedo y cálido; era una excusa de irse moviéndose de sitios. Nos encontrábamos muy a gusto en aquel café. Además, íbamos por David, que había visto a aquella menuda chiquita en un bar hace poco con la que había intercambiado unas palabras. El sí escuchaba el concierto y no participaba en nuestra conversación. Me percaté en seguida y entendí que se quería tirar a esa Martha. En ese momento la observé con más atención – bonitos ojos y muy buenas tetas – pensé para mí.

No obstante aquella niña de ojos indescriptibles de apenas uno sesenta, cantaba con una dulzura que te hacia desearla, si la escuchabas claro. Me di cuenta después. No sólo eso parecía interesante o complejo, parecía poder darte lo que necesitas. Nunca triunfó, pero le faltó muy poco, y tenía todas las virtudes para haber sido una de las buenas. Hay veces que el pequeño paso que lleva a la fama se convierte en tan etéreo que depende, la mayor parte de las veces de un golpe de suerte. Ella no tuvo estrella. De nuevo, no me di cuenta en ese momento de la maravilla que se cernía ante mí; otra vez demasiado interesado de mí mismo como para cavilar en aquella frágil mujercita; sin embargo, el bueno de David entendió lo que podía dar esa mujer al instante, el cual se quedó totalmente ensimismado de la belleza de la chica desde la primera vez que la vio. Porque la maravilla de su rostro me noqueó a mí con posterioridad, pero a traición, desprevenido, con gran intensidad, como parece que es el amor verdadero. Martha fue un golpe de la vida sorpresa al estilo Clasius Clay, ligero, leve de apariencia pero que te deja grogui a los segundos de recibirlo.

Después del concierto estuvimos fumando bebiendo cantando en mi casa. Vinieron todos, además de los del grupo de Martha. Nos uníamos en parejas, tríos, nos mezclábamos, follabamos, reíamos, nos colocábamos. Sin embargo, apartados del resto David y Martha estuvieron hablando todo el rato. No parecía hacer nada más. Nunca volví a notar a David tan feliz. Sentí algo más que envidia, mi deseo empezaba a surgir por aquella mujer, en aquel momento era sobre todo las ganas de acostarme con ella. Era un cabrón e intenté quitarme esa idea, que en ese momento creí que era un efecto de las drogas.

Mi subconsciente ya sabía que yo a partir de ese momento empezaría a ser más desdichado aun. Pues como niño caprichoso que siempre tenía todo lo que quería, ella no podría ser la excepción. Intenté meterme en la conversación de la parejita, pero la propia Martha me puso tal cara que estaba claro que me debía apartar. Pensé que era una siesa, total y que no hubiera estado mal acostarnos los tres y disfrutarla los dos amigos.

El miedo

Algunas veces la historia juega malas pasadas. Vidas complejas no significan mayor felicidad, vivir al lado de Martha supuso el fin de David. Era lo suficientemente perspicaz para intuir una relación fatal; Martha le admiraba, le adoraba, le quería pero no la amaba. Él se sentiría querido, pero no distinguía lo fatal de la relación con una mujer tan frágil e insegura como Martha.

David consiguió durante dos o tres años convertirse en el mejor bajista eléctrico de la costa Oeste. Desde corta edad se dedicó a la música, con tan sólo dieciséis años pertenecía como miembro a la filarmónica de San Francisco. Tocaba el contrabajo. No tuvo una juventud típica sino todo lo contrario. Formación clásica para un chico superdotado para la música; adolescencia parecida a la de James, lo que les llevo a una amistad irremediable, que en su origen parecía casi incorrupta. Almas tan paralelas, que por naturaleza se juntan pero que luego pueden chocar por problemas más que paralelos.

James nunca olvidará la cara de David, cuando le profetizó las siguientes palabras, esa misma noche cuando ya ella se había ido:

- "No me dejes ver de nuevo a Martha o si no enloqueceré.".- Por la cara de David parecía que la advertencia iba en serio, y que no era la típica frase hecha para querer decir que se había quedado totalmente encoñado por ella.

La razón le pertenecía, no obstante James no pudo hacerle caso. Ahora no valía ser de otra manera, debido a que el también, buscaría cualquier excusa para verla, aunque para ello se notara en la penuria de que fuera a costa de que su amigo, su mejor aliado, su mejor compañero interpretando música, empezará una fase de autodestrucción sin salida.

Teniendo en cuenta que David, hasta que empezó a salir con Martha, no había tenido una novia, vagamente sabía de chicas, apenas trataba con ellas. De adolescente, tan sólo había deseado tener una mira, la música, más en concreto la música clásica. Parecía mono temático, su única obsesión; hasta que llegó ella.

Empezó a ampliar sus gustos musicales cuando se codeó con James. Una noche un amigo de la Filarmónica le invitó a ir a un concierto de música Rock, el exiguamente había oído algo, un poco de Elvis y las canciones de éxito de finales de los cincuenta principios de los sesenta. A los Beatles les consideraba excesivamente primigenios, detestaba a los Rolling por ser tan comerciales. Pero aquella vez el colega de la orquesta le persuadió para que acudieran a un concierto de un grupo de melodías suaves, llamado Springfield. Sabía que le iba a hipnotizar por sus armonías tan bellas como sencillas, pero en ningún caso escuetas. Fueron suficientes con que atendiera las primeras notas de la guitarra acústica y la voz-como-una -armónica de Neil para que David también apostara por aquella música de la juventud, tan fresca, valiente, de calidad.

A ese concierto les acompañó, entre otros, James. Ese día se conocieron y estuvieron hablando mucho tiempo de la música. Enseguida quedaron para tocar juntos.

Para James, David era el mejor músico que jamás había conocido. Tocando el piano era excelente por encima de todos ellos, también tocaba la guitarra pero sobre todo con el bajo era un verdadero genio, virtuoso, en plena invención continua. El día que estuvieron tocando juntos se quedó gratamente sorprendió de la calidad del que iba a ser su amigo.

Casi nunca hablaba de mujeres, David nunca quería salir con los demás de juerga, nunca fumaba, o bebía. Tampoco se drogaba. Pero, sin embargo, tenía la capacidad de estar veinticuatro horas al día tocando, siempre con algún instrumento musical en casa, luego, sin aparentar muestras de cansancio, se bajaba a cualquier garito para tocar. En ese bar de 'blues', en el restaurante con el piano, tocando jazz en el barrio negro, daba igual, cualquier sensación que sonara a música le llenaba lo suficiente para sentirte completo, para ser feliz que se negaba a disfrutar de los demás, no los necesitaba. Primero el rock le había abierto las miras musicales y después, todo parecía variar desde el momento que conoció a Martha. No era la primera vez que una persona cambiaba al enamorarse de otra, no la última; simplemente cambian las prioridades.

David vio cumplido su sueño y el peor de sus temores y cuando se quiso dar cuenta, poco después de aquella frase de advertencia de no querer volver a verla empezó a salir con ella. No se dio cuenta que su amigo James no había hecho nada para impedirlo. De esa forma James la podría tener cerca y poder enamorarla.

La envidia

James sigue dando vueltas a la cama esa noche en el psiquiátrico, sigue pensando en el momento que empezó a salir ella con David y todo lo que sucedería después:

- En muchas ocasiones pienso que yo también me enamoré de ella, sólo porque quisiera probar algo que para ti resultaba tan maravilloso. Esa idea me ha dado ya demasiadas veces vueltas en la cabeza como para no poderme sentir tranquilo con mi conciencia por si fuera cierto. Habría que rastrear en lo más profundo de la mente humana, para saber porque el azul rodeando el iris de una mujer puede enamorar, atrapar, siendo igual que el de otra. Con sinceridad, no creo que buscara la rivalidad con mi amigo, pues mis deseos por ella ya habrían desaparecido tantos años que han pasado; pero no estoy seguro. Es el maldito destino, de saber que Dios algunas veces parece querer jugar con nuestras emociones en situaciones tan limites, como crueles.

Empero tú moriste loco de amor. ¿Falleciste pensando que ella te deseaba? La verdad es que te sentías pletórico cuando estabas con Martha. Te brillaban los ojos, te convertías en gracioso, reconciliador, meticuloso, altivo, seguro de ti mismo, creativo, extremadamente expresivo, bueno, optimista, perfecto, atento, educado, simpático, atractivo. Sólo Dios sabe lo que te envidiaba. La tirria y la desazón que me producías. De ningún modo llegué a juzgar porque me dijiste aquella primera vez que te apartara de ella. No creo posible que pretendieras rechazarla, huir de ella para escaparte del paraíso. Acaso tanta practicable ventura te daba miedo, está claro que viste en ella que te causaba ese miedo que en ese momento no entendí.

David estaba dotado de una inteligencia sobrenatural, además, poseía la gran capacidad de, el culmine de la inteligencia, el predecir los hechos. Impertérrito en pensar que junto con James podrían concebir grandes creaciones en el campo de la música. Pero lo único que les dio tiempo a hacer juntos es tan sólo un disco de coleccionista, tan proscrito como excepcional. Lo grabaron en una casa de disco de segunda fila, sin apenas dinero, sin contar con ningún padrino, con un ingeniero de segunda categoría y sin apenas lograr versiones maestras para poder ser editadas.

Ahora James piensa en ese disco:

También considero verdad que nosotros pasábamos mucho de buscarlo, no creo que quisiéramos ser famosos, tan sólo dejamos grabado parte de las canciones que tocábamos para luego poder oírlas y mejorarlas en el siguiente ensayo. Éramos felices con ello.

Y no puede evitar relacionarlo de nuevo con Martha.

- Pero surgió con la chica de "los ojos indescriptibles", cómo tan afortunadamente me la referiste en una ocasión, te diste cuenta que se podría ser más feliz de lo que eras; pero también aprendiste que la tristeza no tiene fin, y la felicidad sí. Ya que Martha tentaba la fibra sensible y epicúrea de cualquier artista falto de contaminación que la conociera en la ciudad. Nunca te percataste de que ella con toda probabilidad no te amaba. Creo que lo intentó pero no lograba. Pero ¡Qué más da, si según te vas haciendo mayor te das cuenta que lo importante no es lo que es, si no lo que crees! Cuantas veces te consuelas imaginando algo que nunca sabrá si pertenece al plano de la verdad o la mayor de las farsas. Porque, ¿Cuando estamos en lo cierto?, ¿Porqué muchas veces consideramos reales nuestros propios argumentos?, En multitud de ocasiones no podemos estimar un sentimiento como verídico, si ni siquiera apreciamos con exactitud la definición de dicha percepción, amor, cariño... son más concluyentes los sentimientos más perversos mas no obstante tan humanos como los demás, odio, envidia, vanidad, egoísmo... Yo advertía que Martha no le amaba, sin embargo ¿Qué más daba? Descubrir el rostro de David intercepto, tan sereno, placido, sosegado, impertérrito; Tan armoniosamente beatífico. Ese aspecto de David cuando se sentaba en el regazo de ella, mientras escuchaban música, él acariciaba con sus manos su suave semblante. Ese David que la escribía aquellas poesías de amor... Yo me moría, intentaba evitarlos cuando estaban juntos, me agriaba sus formas. Parecía que mi plan inicial de conquistarla usando a David había fallado.

Aún estando convencido de la realidad, no podía negar pensar que ella se estaba enamorando de mí. Podía estar equivocado, pero lo sentía, veía aproximarse el momento que pudiera disfrutar de aquella mujer de ensueño, abrazarla, acariciarla.

Martha aquella chica que conocimos David y yo. De la que él se enamoró primero, y nada más empezar a salir ellos, supe que tenía que ser mía. Nunca fue nada igual entre nosotros hasta la muerte de mi mejor amigo; al que le había engañado con su propia novia. Aquella mujer que después me hizo enloquecer por una macabra infidelidad.

David era bajo de estatura. Apenas llegaba al metro setenta, tenías el pelo rubio, algo ondulado, pero poco abundante, era muy joven y ya estaba con entradas premonitorias de una incipiente calvicie que nunca llegó a producirse. Su rostro era grave, meditativo, siempre parecía estar recapacitando en algo interesante, profundo, divinativo o encantador. Se movía con afectación, sus gestos eran algo amanerados, procedentes de un corazón blanco. Resbaladizo en la mirada, no era capaz de mantenerla mucho tiempo sobre una persona, incluso le costaba cuando hablaba de tú a tú con alguien, signo de una excepcional timidez. Ojos verdes con pintas, frágiles y deseosos de cariño. Se hacías querer, todos le respetaban, admiraban su bondad nada estereotipada, franca, profunda, flexible, sacra... De piel algo hendida de estrías, ligeramente encarnada, por su ligera palidez, tornándose en sonrosada con la suma facilidad que le juega la pigmentación tan ruborizada. Labios dilatados, más grueso que flacos, exóticos, cautivadores de las palabras más bonitas, de la poesía más improvisada, de los besos más calurosos. Sus pómulos avanzados y orejas agudas. Era como un pequeño elfo del bosque que llevaba la felicidad, la alegría, la música con su sonante lira.

- Se realizaba una adoración platónica. Estoy plenamente convencido que David disfrutaba más en aquellos instantes que cuando hacían el amor. Con esto no quiero indicar que no la gozara, puesto que David me lo confesaba, yo muerto de envidia por los celos, no lo soportaba. Buscaba siempre alguna mujer pensando en la que debía de ser mía, en la más dulce entre las dulces, en la gustosa Martha. Creo que a pesar de su perspicacia, David nunca se dio cuenta de mi enamoramiento, y de lo mal que lo estaba pasando; ni siquiera sospecho la razón por la cual yo me fui a México; estaría preocupado por mí con toda seguridad, pero Martha le ocupaba la gran parte de su tiempo. Me sentía apartado, amando a la mujer que me había alejado de mi mejor amigo.

Por ello, mi relación con mi mejor amigo se convertía en frivolidad por carencia de afecto en comparación con el amor, la angustia, el dolor, la desesperación que me producía ella... Mi obsesión iba en aumento, mi malestar me subyugaba, mi deseo me aplastaba; el amor se convertía en la peor de las desgracias, en la más vil de las enfermedades. Empecé a notar mi espíritu depresivo, mis paranoias sitiadoras. Intentaba separarme de David, de Martha, sin embargo, al final, en algún momento estaba con ellos. Los triángulos nunca fueron buenos. Veía que nunca podría estar con ella, y mi mejor amigo estaba disfrutando de lo que yo no tenía...

El comienzo de amistad, a la vez que relación musical entre James y David, sucedió a continuación de aquel concierto de Springfield. En el preciso momento que David, gracias a su propio convencimiento, añadiendo la insistencia de James, se introdujo de lleno en la música que se estaba haciendo en aquellos días de San Francisco. Profesionalmente, James se dedicaba a ser músico de estudio de una gran compañía de discos. A ello le destinaba gran parte del día, ganando bastante dinero. En tanto que David seguía en la Filarmónica, pero en sus ratos libres tocaban juntos, solo ellos dos o en compañía de terceras personas.

Su medio de expresión la música, más en concreto "el rock". Nada hubiera cambiado si se hubieran dedicado a escribir novelas o a pintar cuadros. Daba la sensación, como pasa con muchos genios del arte, de que su vena artística hubiera brotado en cualquier jardín.

Gustos en común y las mismas inquietudes se repetían continuamente en sus conversaciones:

- Sabes James, - le decía David con un gesto infantil - hoy me he levantado a las ocho de la mañana, he estado seis horas ensayando el recital que vamos a dar estas Navidades en el San Francisco Pabillion. Luego he quedado aquí, ya son las cuatro de la madrugada. Mañana otra vez a ensayar otras seis horas... Llevo así dos semanas, y lo peor es que creo que no es suficiente todavía.

- Yo también tengo esa misma sensación, quiero llegar a tocar lo que tengo en mi cabeza pero me parece tan lejano. Estamos creando, pero tan despacio, siento que necesitaría más días y más horas al día de las que pueden vivir diez personas que vivan cien años.

Para James, el crear música era el cielo y el infierno a la vez. Se agobiaba mucho más que David, le daba un plano más trascendente. El cielo puesto que nos lleva a la inmortalidad del espíritu libre, sin ataduras que expresa sus sentimientos por encima de todo lo mundanal. El infierno en tanto y cuanto se da tantas vueltas para llegar a tan breves momentos de gloria de verdadera creación, que incluso ves que hay falta de variación de lo ya firmado. El infierno de saber que la inspiración es como atrapar un pequeño hilo en la oscuridad de una gran habitación, un hilo tan delicado que se puede romper, para nunca conseguir llegar a volverlo a tomar. ¿Porque decimos que no tenemos tiempo para lo que tenemos pensado, si no llegamos, si se nos olvida... si esa gran idea es como un gran sueño que no figura posible en la realidad?

Para tener ese aguante esa capacidad de creación, a menudo James tomaba LSD, también eran fumador habitual de marihuana. David pasaba, si bien alguna vez lo había probado, no le gustaba los efectos. Todo esto se constituía en tan normal que nunca tomaron conciencia; en realidad la sociedad no tenía una conciencia tan clara de los efectos negativos de la droga, o sabiéndolos, no se tomaban como negativos si para mejor el arte servían. Una época que convencer al joven artista de no tomarlas era imposible, pues todos sus ídolos la tomaban, y con ello creaban obras de arte.

Nada era perfecto, muchos accidentes, muchas drogas adulteradas, muchas de las muertes parecían ser por verdadera mala suerte; Janis por droga en malas condiciones, Duane y Berry en sus Harleys, Jimy ahogándose en su propio vómito; uno de los Washington 'surfeando'... el destino desalmado les convirtió en leyenda.

No era sólo el efecto de las drogas; cuando James y David tocaban concentraban todas sus energías en ello. Se transmitían mutuamente esa fuerza, y no pensaban en otra cosa. Eso les hacía alcanzar su mayor capacidad artística y una continua felicidad que era causa de esas largas sesiones de ensayos.

La muerte

Ocurrió una terrible mañana del año 69. David se dirigía en su coche al ensayo con la Filarmónica, seguro de si mismo, animado, realizado pensando en lo gran músico que era. Había dormido con su amor, había amanecido con ella. ¿Qué más podía pedir? Aquella mañana, se había levantado pronto, no había dormido apenas. Besó a Martha en uno de sus hombros desnudo, claro, con lunares, fino, precioso. Entonces se sentó sobre el borde de la cama, con esa típica postura de meditar durante un rato el: - Me levanto o vuelvo a coger la posición vertical -, como suele suceder, por lo impuesto de esta vida, se levantó. Ojala se hubiera sentido más holgazán. Pero se puso en pie para dirigirse al cuarto de baño, toalla en mano, desnudo se metió en la ducha, permaneció un tiempo con el agua caliente rebotando sobre su cuerpo. Al ser de corta estatura, bastante menudo, visto desnudo casi parecía el cuerpo de un niño, apenas musculoso, sin vello, muy rubio, cercano a lo albino. Se enjabonó repetidamente, se lavó aquella cabellera que se había dejado crecer por primera vez. Pelo muy liso y rubio, ojos verdes, grandes, pero con la línea de párpados blanquecina que da un aspecto de tibieza. Pestañas quemadas, casi transparente, cejas poco crecidas, No tenía desde luego el aspecto de hombre especialmente atractivo con gran presencia, pero no por ello se hacía muy agradable, con un ángel en la cara, francamente hipnotizador. No se afeitó, no lo necesitaba, solía afeitarse cada dos o tres días a lo sumo. Se secó, regresó de vuelta a la habitación donde Martha yacía casi desnuda, pues tan sólo llevaba una braguitas blancas. En ese momento ella estaba con los ojos abiertos; su chica, mirándole, sonriéndole, sería la última vez que viera el paraíso. Aquel cielo tan azul, de verse reflejado en eso ojos cristalinos, exorbitantes, camaleónicos de su hermoso, su señero, su único y último amor. Como adivinado, el fatal destino, cuando David se acercó a Martha, ella con su menuda mano derecha, le acercó la cabeza a su pecho, para oír el latido del sentimiento trágico de la vida: El haber nacido. Sería bueno saber, si Martha en ese momento estaba a gusto con David, habiéndole engañado, lo más probable es que no tuviera conciencia o no quisiera pensar demasiado en el gran problema que podría ocasionar; en ese momento tampoco sabría si prefería estar con James, o, si su aparente alegría aquella mañana con David era cierta. David, no sospechaba nada, pero seguro que algo sentía, y con toda seguridad, salió aturdido de aquella casa, fascinado de lo feliz que era y cuanto duraría. Habían pasado una mala época, Aunque James estaba en Tijuana, David intentó apoyarse en él sin saber nada, sin sospechar el motivo, sin intuir que su querida novia se había acostado con su mejor amigo. Sin embargo, aquella mañana David tenía el convencimiento de que la crisis con Martha había pasado.

Salió del lugar con la música a tope con el botón del volumen que había llegado a su extremo derecho. Escuchaba el maravilloso tema de sus amigos llamado "Dreams". Sueños de un ambicioso, quimeras de un inconformista consigo mismo, en ningún caso dañino, visiones de una mañana soleada de verano, alucinaciones psicodélicas de un mundo irreal, lejano de las guerras, la corrupción política el conservadurismo, y cinismo mundial.

El coche era un descapotable, un flamante 'Thunderbird' azul celeste, con adornos niquelados, inmaculado, tapacubos con el dibujo de un caballo halado, parachoques acabados en puntas dobladas hacía dentro con la forma del coche. El radiador sobresaliendo en la parte frontal, tan precioso como enorme maletero, el contrabajo en la parte de atrás. Tapicería roja de piel almohadillada en tiras. David seguía escuchando el disco. Se acordó en ese momento de Duane de Steve y de James, de aquel grandioso concierto, jamás grabado, que habían realizado unos meses atrás.

David solía conducir muy rápido, esta vez iba más aún. Era el rey de universo el amo de su pequeña parcela con derecho a la máxima realización. No era de extrañar que pensara que el mundo estaba en sus manos.

En una incorporación otro coche en una calle perpendicular a la de David, no respetó el alto que tenía. David tuvo que hacer un brusco giro para no chocarse. Perdió el control y se estrelló contra un muro de ladrillo. Se partió el cuello muriendo al instante. En ese instante revivió su pasado, pensando que la vida parecía ser hasta aquel instante como un sueño.

El contrabajo se mantuvo intacto.

De esta forma tan penosa, acabó la vida de un genio.

A la corta edad de 27 años, un ser bueno, preocupado desaparecía de este mundo de tristeza. David no tenía taras, no tenía fallos, debería haber vivido más de cien años. Pero un idiota, afectado por una mala borrachera acabó con su vida, empezó a destrozar una vida aniquilada por el sentido de culpa.

Empezamos a ver la cara oscura de Frico, cuando posteriormente ese chico, preso del pánico, se suicidó antes de que comenzara el juicio. ¡Pobre imbécil! Todo por un alto no respetado. Un error, dos vidas acabadas.

Para el que queda, siempre se saca la misma conclusión, y es la de intentar no darle importancia a cosas que realmente no lo tienen, porque de un día para otro puede ya no tener nada significado. Te das cuenta que al final somos pequeñas partes imperfectas de un mundo imperfecto.

¿Quiénes somos?, No constituimos nada, formamos una calavera envuelta de carne, con un pedazo de sesos, que llamamos cerebro y que nos hace sentirnos especiales, pero en el fondo no integramos un ente único, todo lo contrario parecemos un cúmulo de interacciones. Nuestra manera de alcanzar la inmortalidad se constituye en vana, qué más da que adjudiquemos algún legado, si no lo vamos a saber.

A Martha cuando la llamaron para comunicarle la muerte de su novio, sintió una profunda tristeza, como tal vez, nunca había sentido y recordó aquella conversación que habían tenido la noche anterior, en el que David filosofaba sobre Dios y el amor:

- No estimo claro si me noto capacitado para creer en Dios o en un ser superior. Nunca le he servido. Alguna vez le he pedido le he suplicado, jamás le he dado. Si existe el cielo, ¿Qué hacemos en la tierra? Puede ser que acaso Dios juega al parchís con nosotros. Parece divertirse a lo grande, puesto que los encuentros de este mundo me niego a pensar que sean casualidades. Pero si no existe un dios, ¿dónde está el inicio?, Porque hay una tierra, un universo... Porqué tú, Martha eres para mí el centro de mí existir. Porque tú tornas mis preferencias hasta el punto de considerarte más importante que Bethoven, Mozart y todos los demás juntos. Si a ellos los conozco los he estudiado desde que tengo tres años, contigo únicamente he tratado desde hace unos meses. Si fuese capaz de morir, de matar por ti. ¡No debería haber especulado con ello! No soy capaz de matar, si bien tú me lo pides... sería aún más desgraciado.

- David, yo también te quiero, resultas maravilloso. – Sonreía al pequeño rubio mientras le acariciaba la mejilla - Eres un artista, un genio, el culmine del arte, no hay nada en este mundo que más me guste que escucharte, ese sentimiento, esa habilidad.

Es posible que Martha no dijera la verdad a David, no obstante amaba profundamente su arte, él se constituía en su mejor amigo, su consejero óptimo. Podría haber estado con él toda una vida. Hubiera permanecido con él hasta la senectud.

Pero el simple hecho de que quizá, aquel hombre, que se había saltado el alto, estaba bebido, por ello no vio el coche de David. Había bebido durante toda la noche por que a lo mejor, tenía tantos problemas que no podía pegar ojo. Uno de esos problemas quizá que trabajaba en una empresa que iba a reducir plantilla. Él había sido uno de los elegidos. Lo había decidido un nuevo ejecutivo en la empresa que había sido contratado de la competencia. Este ejecutivo era muy activo, muy ambicioso, deseaba el poder, por eso se había cambiado de firma. Era insaciable porque su padre desde niño le había dictado su vida. Él era el pequeño de dos hermanos, el mayor no hizo ni "puto" caso a su padre, vive en una comuna, morirá en los ochenta de SIDA. El pequeño le hizo caso, nunca le quiso contrariar. El padre se comportaba así, porque era huérfano, siempre había echado en falta la imagen de un padre, justiciero, aleccionador, coercitivo. Quizá sucedió así y hay poderosas razones para su actuar. Pero, ¿quién sabe? Tal vez no hay razón para el error, a lo mejor ese hombre tenía una vida perfecta, decidió tomarse unas copas ese día porque estaba feliz y no vio a David y después se pregunta el porqué.

¿Qué es una decisión importante? Muchas veces un comentario trivial desencadena en algo mucho más decisivo en la vida de alguien que nunca sabrás de él. Nada, ese hombre nunca había significado nada para David además de que nunca lo hubiera sido, si no hubiera sucedido el hecho. El impulso de ver un alto o no verlo y pensar o no pensar, que viniera alguien o no. La reacción tan humana del fallo imperdonable, inexplicable, trémulo, trágico, envilecedor. Lacra interminable del el no poder perdonarte a ti mismo, con el sufrimiento de una vida tan corta. En fin, irrisible actitud de lo que no tiene ya solución. Efugio suicida del que ya no puede vivir aquí.

El día del Funeral de David, ella no lloró, porque el dolor tan profundo dentro de ella no la dejaba desahogarse. Tras un gesto frío de indiferencia, se ocultaba un supino padecimiento.

Bajo un lluvioso día en la bahía, en un cementerio católico, varios paraguas se amontonaban alrededor de él. Un sacerdote estaba dando las últimas palabras en latín. Gordo, rollizo, enfrascado en la sotana de un cristiano, pelirrojo irlandés, primo del pobre fallecido. Joven, demasiado para creer, sin dudar, en que aquella desgracia pudiera ser la voluntad de Dios. Hablaba muy ronco, apenado. No debía haber oficiado demasiados funerales, desde luego nunca el de un familiar tan cercano, ahora tan lejano. En primera fila, su familia, su madre de estricto luto, sus dos hermanas menores que él, apenas unas adolescentes, llorando tras unas enormes gafas oscuras, que debían haberse comprado para la ocasión. ¡Que desgraciado tiene que ser comprarse algo para un momento tan luctuoso!, La ilusión de una adolescente que se prueba miles de gafas para mirarse en un espejo, ver cual le hace más interesante, ilusión truncada, que diferente en este caso, ante la indiferencia de la necesaria compra de un objeto para disimular la vergüenza, las ojeras de una repentina desgracia. Parecían gemelas, eran rubias como el sol, sujetaban cada una los apenados brazos de una madre ante el sufrimiento más insoportable, la muerte de quien vio nacer en sus propias entrañas. Detrás de ellas, como queriendo abarcar con sus brazos un padre impotente ante la adversidad. Su admirado, amado hijo, ese chico de tamaña inteligencia, gran capacidad por encima de todo. Bueno, muy bueno para con su familia, para todos. Sujetando un gran paraguas que cubría a su mujer e hijas, pero no a él, que parecía infligiese el castigo de mojarse su incipiente calva, con esa lluvia tan inusual como fría. A pesar de todo, su padre permanecía erguido. Con milagrosa crasitud, con la forma enhiesta de su cuerpo ante el tremendo mazazo de la pérdida. Sin duda, sabía que el cielo estaba llorando por su hijo.

Al otro lado, rodeando al sacerdote, estaba Martha, algún que otro familiar y yo. La pequeña Martha, parecía del todo insignificante, enfundada en un abrigo largo negro, tapada el semblante con un velo del mismo color, el sombrero que llevaba era también negro. El negro del luto de la tristeza por el amigo que nunca vas a volver a ver jamás. Cerrándose esa puerta que nunca más se podrá abrir de nuevo porque las llaves se perdieron en el fondo inalcanzable de un mar ingobernable. El nunca es demasiado tarde, se convierte en una mentira, ya es tarde para contarle a su mejor amigo que ella no fue buena con él; y que no hay razón para ello, porque él fue perfecto para ella, fue el hombre que nunca creyó que existiera. ¿De dónde habría sacado aquella ropa? Sin verse la cara, sin hablar, pero tampoco lloraba. Había muerto su ídolo, su hermano, su amante, su sustento que le defendería de la selva más ignominiosa, sátira y cruel.

Mientras ya empezaba a entrar los primeros rayos del sol en las comisuras de las persianas de aquel psiquiátrico, James volvía a meditar lo que ya tantas veces había hecho desde la muerte de su mejor amigo:

- Yo me sentía fatal, parecía tétrico pensar así, había muerto mi mejor amigo, mi compañero musical. Pero cuando vi a Martha tan sola, tan necesitada de mí, me alegré de que hubiera muerto, no logré remediarlo, no lo puedo negar. ¿En qué clase de mundo vivimos que cuando el amor resulta tan fuerte, te vuelves tan sumamente egoísta, que sufres tanto como haces sufrir? ¿Cómo pareces alegrarte de la muerte de tu mejor amigo por que en este caso se convertía tu principal rival para conseguir a la chica de los ojos indescriptibles? Muchos pensarán que entonces no era amor lo que sentía. Yo siempre he creído que si podría ser. No es que David dejara de ser mi mejor amigo, claro que estaba terriblemente triste por su pérdida, es que siéndolo... creo que mis pensamientos en ese momento empezaron a hacer estallar mi cabeza. Fueron el brote de una locura mayor. No dejaba de pensar...

Martha, en la soledad de la noche,
te siento,
en lo cotidiano del día
Te necesito.

En la verdad de la vida

Te amo.

- Ese sentimiento no podía ser bueno. Una suma alegría puede ser tan dolorosa como la tristeza, cuando inviertes los términos para ponerse en el lugar del otro. Ya nunca podría llegar a la felicidad completa, ya nada sería igual, ya nunca podría disfrutar del calor de la energía de la creación de mi mejor amigo.

En la parte frontal, estaban el resto de todos sus amigos. Una interminable fila de compañeros de la Filarmónica, de compañeros de la Atlántida, muchos de ellos, habían estado presentes el día del engaño de Martha con James, al que miraban culpándole. A David le quería todo el mundo, a James, incluso antes de lo sucedido, no tanto.

Atlántida y Filarmónica, parecía al menos muy llamativo ver a esas pléyades de músicas tan distintas en un mismo lugar. Eran como dos batallones de distintos ejércitos. En el otro extremo, el resto de los músicos que le iban a dedicar una canción. A pesar de la lluvia, Duane, Steve, Jimy y Carlos. Este último había conducido el coche toda la noche desde Tijuana. Afinaron sus guitarras acústicas en honor del hermano muerto. James, no tuve ganas de tocar con ellos, desistió por sentido de culpabilidad por vergüenza ante los demás. Fue emotivo, grandioso a la vez, ver aquellos jóvenes roqueros tocando un réquiem por el amigo muerto. La escena se repitió poco después por el pobre Duane, poco después sería por él por quien tocarían.

- La música consiguió, en parte, aliviar nuestro castigado corazón. Saber que si había un Dios, allí estaría David con él. Mientras yo estaba más cercano al infierno que nadie. Por desgracia, no estaba dispuesto a renunciar a ella... Tenía ganas de haber tocado algo por David, pero eso me daba terrible vergüenza y podría ser motivo de crispar los ánimos de los presentes. Mantenerme en absoluta discreción era obligatorio.

La culpa

Para James la insoportable satisfacción que le dio la muerte de su mejor amigo, supuso un remordimiento que nunca pudo arrinconar. En el psiquiátrico tan pronto jugaba a hablar con Martha como componía música con David. Nunca, los tres juntos. Como un proceso infantil, del niño que juega con sus amigos imaginarios, por falta de cariño, por sustitución de la realidad, James había conseguido teatralizar su existencia. Reducirla al esperpento de lo imaginario, psicodelizar sus pensamientos, amoldarlos a una realidad inexistente. Mofándose de la aparente verdad. Dotado de una morbosidad de lo más trágica. James continuamente montaba escenas creyendo estar con David y Martha:

DAVID: Eh, vamos a tocar de nuevo esa canción de Juice, nos queda única, ya querría el inglesito tocar como nosotros.

JAMES: Somos los mejores, nunca nadie ha llegado a nuestro nivel. Podríamos toca durante horas y horas. Pero bueno, David, ahora te tengo que dejar, puesto que he quedado con Martha. Vamos a la presentación de una importante exposición.

DAVID: Que te vaya bien, pero ya sabes, mañana a esta hora, de nuevo; tenemos que grabar nuestro nuevo L.P.

JAMES: Por supuesto.

(En ese momento, James da media vuelta alrededor de su habitación, se pone de espaldas a una pared y cuando se da la vuelta, con una amplia sonrisa, se dirige al centro de la habitación.)

JAMES: ¡Hola! Querida, ¿Llego tarde?

MARIA: Un poquito.

JAMES: Es que he estado tocando con David.

MARTHA: No importa, cariño, lo importante es que nos

queremos.

Eran conversaciones en delirio, totalmente estúpidas, sin sentido, sin complejidad, infantiles que parecían apaciguar por un lado los remordimientos y por otro el dolor que había sufrido por ellos en la vida real.

En aquel lugar pasaba prácticamente todo el día en aquel centro, por las noches enloquecía en casa de sus padres, gritando, llorando, perturbado casi todo el tiempo. Estaba fuertemente medicado, así pasó cinco años de su lastimera vida. Sin sentido sin solución, nadie, ni siquiera la Martha de carne y hueso podía proporcionarle la solución a su problema, se sentía enamorada de una persona pero que no era capaz de perdonarla.

Tanto los psiquiatras, como los psicólogos, además de las enfermeras de aquel lugar no parecían explicarse el caso de James. Sin ningún antecedente en su niñez, tan sólo un engaño amoroso, el sentimiento de culpabilidad de su amigo muerto. No parecía "suficiente" para que su cerebro estallara, no tenía un historial de problemas tan grande como el resto de los pacientes.

> JAMES: (que mueve la manos como si estuviera acariciando la cara de ella) Martha, ¿sabes que dicen que estoy para allá, Y que me están medicando? Estos cabrones me tienen medio drogado, los barbitúricos no afecta igual que el LSD, creo que me sientan aun peor. No puedo comprenderlo, creo que lo hacen para que te vea borrosa, no quieren que seamos felices, no soportan que nos queramos. Cariño ¿Dónde estás? Apenas puedo distinguirte, te estas difuminado lentamente, ¡No te vayas! Joder, que habéis hecho con Martha, ¿Porqué os la lleváis? ¡Papá ayúdame! No quiero cerrar los ojos, ¿dónde está? Cabrones os la habéis vuelto a llevar,

dejadnos en paz, tan sólo quiero estar con ella, no me pinchéis de nuevo la mierda de ese tranquilizante, dejadme, dejadme...

La penosa escena se repetía varias veces en el centro o en su casa. James no se encontraba bien. La vida para él era un engaño, había traicionado a David de una forma vergonzosa. Luego Martha le hizo lo mismo a él con otro, con lo que ya nada parecía estar dotado de sentido. Le dolía pensar que a lo mejor él era otro David. Que Martha no había engañado a David con él, sino que iba de un hombre tras otro sin importarle ninguno. La única salida era inventarse un submundo, al menos se le olvidaban las desgracias, paraban los sudores fríos.

El aprendizaje

A James, con tan sólo cinco años, su padre le llevaba ya al club donde tocaba con su 'Big Band'. El bar estaba situado en North Beach, en el número 15 de la avenida Upper Grant. La entrada era de madera, con dos puertas cubiertas por una marquesina que se cerraban entre sí. Luego había un pequeño vestíbulo donde siempre permanecía impertérrito un hombre de negro de más de uno noventa superando con mucho los cien kilos. Le llamaban "Big Jon" pero en todos los años que trabajó en Grant café, nunca necesitó poner las manos encima a nadie; más por su aspecto coercitivo que por la falta de ganas de algunos de los que iban. "Big Jon" no pretendía llegar a ser un intelectual. No lo era, pero disfrutaba leyendo en la puerta de aquel local de revistas de historias de viñetas y novelas del Oeste.

En la pared izquierda del vestíbulo había un pequeño habitáculo con una ventanilla sin cristales, allí la gente dejaba sus abrigos, que era las menos de las veces, cuando el tiempo era algo más frío de lo normal. Luego había una entrada al interior con una gran cortina gruesa de satén, de color morado, una entrada mayor que la puerta exterior, para acceder al lugar había que coger cortina, girar la pesada tela a un lado para entrar por uno de los lados. El ambiente era sin duda fantástico, una cortina mucho más tenue, vaporosa, hacía ver el lugar con atracción. Unido a la oscuridad del lugar solamente iluminada con velas en la mesa.

Si andabas unos pasos podías observar, después de recibir anteriormente y gracias al sentido de oído la música del fondo, una banda de Jazz, unos siete u ocho componentes. Mientras los mirabas, sólo te veías interrumpido por el ajetreo de los camareros poniendo con gran celebridad copas. Las primeras mesas formando semicírculo se hallaban situados en un plano superior al escenario pero a la altura de la entrada. Luego observabas un pasillo central que llevaban a una escalera con barandilla de tan sólo cinco o seis escalones. Justo antes del entarimado otra formación de mesas circulares. Todas llenas, todas con velas protegidas por vidrio rojizo en forma de alambique. Casi podías sentir el olor del alcohol, en el ambiente, todos allí estaban tomando copas.

Era un lugar especial por la extrañeza, la cual buscaba continuamente a los sentidos. En el escenario se encontraba lo mejor, la música, con certeza el mejor local de música Jazz de toda California. Músicos grandiosos. Pocas cosas dan más envidia que el escuchar a un virtuoso maravillar en un escenario.

Allí un día a la semana, en concreto los jueves, el grupo se enriquecía con la voz de una solista. Ferviente de escuchar a Lenny, una frágil mujer de voz en un hilo pero especialmente sentimental y sentida. Participaba con su pálida voz en la mitad del repertorio, cuando la canción requería la tristeza, el desamor, el sufrimiento incontrolable, incontrolado.

Muchos pensaron que Lenny y el padre de James habían tenido en algún momento alguna relación. No era cierto. Ella siempre había estado enamorada de él, pero Ray nunca la hizo el menor caso, y Lenny nunca le confesó su amor. Después, Lenny, tuvo problemas de drogo dependencia cuando le llegó la fama como solista, en la segunda mitad de los sesenta.

El último concierto de ella fue en una lluviosa noche de Nueva York Por casualidad aquel día que le fue a visitar su antigua banda que estaba de gira por aquella ciudad. La vieron, más desmejorada, con problemas, pero más artista y profunda que nunca. Nadie se explica este trágico desenlace de otra muñeca de papel de la época. Murió de sobredosis de barbitúricos. Nunca se pudo saber el motivo de su suicidio. Sus canciones eran tristes, pero su vida llevaba los derroteros de la fama. Parecía estable e incluso feliz. Sin lugar a dudas el mundo interior de la cantante era mucho más rico y desconocido a la vez, tan desgraciado que sus personas más cercanas sabían o podía imaginar.

Los jueves que cantaba Lenny en el local de Ray, siempre estaba lleno y había que reservar con antelación, y era los jueves donde también James empezó a participar en algún tema con algún instrumento.

Al final de cada sesión, para que se empezara a habituar, y también como atracción especial, salía el niño pequeño a tocar la batería. Los tambores, baquetas y platillos supusieron su primer contacto con un instrumento de música. A los siete conducía la sesión rítmica con un contrabajo, llegado los nueve ya tocaba sus propios "solos" de guitarra.

En esto consistía su vida durante su niñez, le dedicaba casi el todo el tiempo a la música, eso fue algo más que destacar. El ambiente del club, le hizo codearse con gente mayor, aprender demasiados, además de variados, aspectos de la vida. Un ambiente muy artístico, pero también un lugar donde la droga, el juego y la prostitución constituían un negocio tan boyante como habitual. Los músicos no podían quedarse ajenos a nada de ello, (ni parecían quererlo). Ello le implicaba, pues muchas veces le trataban como un músico más de la banda del club.

James veía muy poco a su madre, estaba poco en casa con ella, y cuando no estaba en el club o estaba en la escuela, las tardes las pasaba tocando en su casa. Ella parecía demasiado ocupada en rodajes, estrenos así como diversas fiestas 'Hollywoodienses'. Se había convertido en una estrella demasiado ocupada. En alimentar su fachenda bañada de ambición. Su madre nunca tuvo tiempo para cuidar a su hijo, ni siquiera disfrutaba del reconocimiento de una película, pues ya estaba trabajando en la siguiente para llegar a más.

Al pequeño James le quedaba aquel escenario de jazz que parecía cuanto menos degenerado para un niño. Pero no por ello peor que el de Hollywood. En este último el cinismo, la hipocresía y el anhelo por el poder, la fama... lo hacían con mucho más falso, que las ganas de pasárselo bien, del "carpe diem" de esta vida. Pero en el club, es posible que no encontraran la felicidad plena, pero conseguían emocionarse con las lágrimas de una desdicha, se emborrachaban para olvidar lo podrido de este mundo, esperaban no alcanzar la cumbre, si no tener pequeños momentos de "subidones" para mantenerse en pie. Y así James se fue creciendo, haciéndose adolescente, llegando a la juventud. Nada más acabar la 'high school', decidió no comenzar los estudios universitarios y dedicarse de lleno a la música. Empezó a seguir otras estelas musicales y poco a poco fue dejando el club, algo que todos y cada uno de los miembros de la banda sospechaban que en algún momento tenía que pasar.

Cuando James contaba quince años, sufrió la visión de observar a su madre borracha. Años después parecía una fracasada, su carrera parecía haber acabado. Imagen patética, felicidad insatisfecha, la arrogante actriz, enfangada en la marisma del desaliento. Ahogada en el sorbo continúo de una botella de alcohol pérdida en el holocausto de hazañas anteriores. No obstante, supo recuperarse con gran valentía, se aferró a la vida, y luchó por realizar su mayor sueño, tomarse más en serio lo mejor que sabía hacer, actuar. Ello constituyó una segunda época de gloria, con roles más extremos, cuando ya entrada en años hizo dos o tres papeles de vieja borracha, o de puta convertida en alcahueta, o incluso de reina de Dinamarca en un desprendido y excepcional Hamlet. En ese momento, por primera vez, conoció la gloria del éxito por encima de lo comercial. Probó el sabor del arte más sincero, sin el tono dorado de las más pomposas bambalinas o el cínico carmesí de las numerosas presentaciones a la prensa. Cuando subió a recibir los premios, su sonrisa no era el ensaño delante de un espejo de una joven actriz preparándose a salir a escena. No, era la de una mujer realizada, después de tantas renuncias por lo comercial de sus papeles. Seguramente tuvo que descender a los infiernos para saber apreciar la suerte que había tenido siendo una gran actriz.

Esa época le permitió estar más unido que nunca a su marido e intentar ayudar, aunque con muchas dificultades, a su hijo que había estado cinco años enfermo y que una vez recuperado, también había recuperado a su madre.

El recuerdo

Jaime una y otra vez en el psiquiátrico piensa en Martha. No puede dejar de darle vueltas siempre a lo mismo...

Martha cuando te echo de menos, los que dicen que me he vuelto lunático tienen razón. Un deseo de salacidad arde en mí, te quisiera tener cerca, a veces el sentimiento se vuelve tan grande que te noto tan cerca que parece como si realmente estuvieras conmigo. Pienso que mi única enfermedad es el amarte, mi único pecado el haberte conocido y mi mayor penitencia es no vivir contigo. Veo esa menuda figura tan proporcionada, tan perfecta, esas curvas que tanto he sentido, que he acariciado hasta el infinito. Esa cara de felicidad tan completa, no la que tu parecía estar dotando, si no la que tu proporcionabas. Hubiera sido desgraciado por ti. Ese pelo rizado en el que tanto me gustaba enredarme, ¡cómo te gustaba enredar, cual medusa de un cuerpo tan cálido, como corazón tan frío! Por Dios, Martha no logro olvidarte. ¿Tú me recuerdas?

Martha en su cuarenta cumpleaños recuerda cuando James ingresó en el manicomio. Le ignoró no le quiso ver, fue cobarde, y todavía solloza algunas noches por ello. Sabe que él se había vuelto desequilibrado por ella. Este mundo se convertía en una gran patraña, nadie se podía volver loco por alguien y menos de ella. Por ello sentía envidia de la tragedia de su mejor amigo, de su único amigo después de la muerte de David. Padecía la desazón de pensar que él hubiera podido llegar a esa situación, no por la circunstancia en sí, si no por la capacidad de amar que poseía James. Cuanto más lo repasaba, más se admiraba, más le recordaba, más le quería, más le deseaba y más, y más le amaba... ¿Qué estaba sucediendo en su cuarenta cumpleaños? Se preguntaba:

- ¿Cómo es posible que yo pueda notarme tan fría? Creo que siempre me he sentido avergonzada ante mi padre. Crecí pensando que mi padre me odiaba. Maduré con el convencimiento de que no valía para nada. ¿Recuerdas papá cuando me llamabas para algo? Muchas veces me quedaba mirando desde una esquina de la habitación con la cabeza medio gacha sin decirte nada, sin atreverme a acercarme a ti. Tú te reías, con una vos fuerte, que me daba miedo, Nunca más querría pasar por ser el motivo de burla de un animal pavoroso. Enseguida aprendí que los naturales no son los sentimientos, que en un mundo falso como en el que vivimos, sufrirás menos si te colocas delante de tus emociones una máscara y cuanto más gruesa, más tupida y opaca para abrigarme mejor. Aprecié demasiado joven a no apreciar, a no llorar, a no reír, a no sonrojarme, a no sufrir, a no disfrutar. Por desgracia aprendí demasiado joven a ser mayor. Me adapté con vertiginosa rapidez al mundo de la madurez.

James intentó cambiarme con todas sus fuerzas. Intentó convencerme de que daría todo por mí, y nos ser esa promesa tan sólo el título de una canción, el recuerdo vano de un momento de fervor sexual. James se volvió loco por mí, compuso para "su niña" las más bellas melodías que pudo hacer. Hubiera sido el mejor guitarrista de la música rock, pero prefirió tocarme al piano canciones de amor, que decían lo que yo suponía para él. Demasiado para no darme miedo. James intentó defenderme, parece que en el intento se quedó.

Ahora a los cuarenta estaba viendo todo esto mucho más claro, tenía que haber pasado tantas cosas, para con el tiempo aclararse todos los líos que tenía en mi cabeza. En este momento una mezcla de desazón y alivio me llenaban los pensamientos.

Recuerdo que estando con David, cada día me sentía más atraído por ti, buscaba el coincidir contigo, cualquier excusa era buena para estar los tres; en ese momento lo hacía de forma inconsciente, sin embargo, el día que nos acostamos, tenía muy claro que iba a pasar desde el mismo momento que David se tuvo que quedar en casa por sentirme mal.

James, sigue pensando en salir de aquel lugar y reencontrarse con su amor, esta vez de forma cuerda:

- Cuando me siento creativo o con ganas de tocar, cojo la guitarra para interpretar los primeros acordes, noto tal sensación que lo considero como una forma de huir, de escapar de todo lo que me rodea, de lo que no me deleita. Si todo fuera bien, me encontraría mucho más a gusto con la gente y maldita la necesidad de irme a tocar. No echaría en falta el reconocimiento de los demás. Cuando estaba con Martha, los malos momentos se convertían en sufrimiento continuo, de una intensidad tal que sólo pensaba en dejar todo atrás, pegarme un tiro, tirarme al último tranvía de la bahía, o ahogarme para siempre en el fondo del mar. La realidad era que me sofocaba en una botella de bourbon hasta que consiguiera perder el conocimiento, pero lo último que se iba era la imagen de Martha. Algunas veces me sentía tan feliz por tan pequeños detalles que ella me pudiera proporcionar que me daba vergüenza. Gestos tan simples como una fugaz y tímida sonrisa ante un comentario que había hecho. Me hacía inmensamente feliz. Cuando te dirigías a mí de forma jovial me dotabas de una energía superior, me reconfortaba, quería que el momento nunca acabara. Eras una bruja con cara de ángel, pero una bruja inocente, indefensa que no quería crear daño, pero Dios mío de veras que lo hacías

Cuanto te quería y cuanto te amo en el recuerdo que me queda, pues ya hace mucho tiempo que no sé de ti. No me quiero morir, pero no porque tenga ya algún aprecio a esta vida, sino porque necesito el estar otra vez contigo. De veras te vuelvo a ver pues cuando enloquezco, creo que estás conmigo, entonces me siento tan feliz. Al fin y al cabo ¿Cuál es la diferencia entre la realidad y el sueño?, Si cuando creo que estás conmigo me siento gozoso por acariciarte, realmente te rozo. ¿Quién no me dice a mí que lo actual es la realidad pues lo anterior pudiera parecer soñado? Si lo he soñado todo, si no somos más que los muñecos nocivos y defectuosos de Dios. A veces pienso que es cierto que nos hizo a su imagen y semejanza pero debimos perder enseguida el libro de instrucciones.

De todas formas a pesar del sufrimiento que me había dado estar contigo, quería volver con la verdadera Martha, y no la creada en mi imaginación; quien sabe, a lo mejor con el tiempo habías madurado en las cosas malas que tenías. Yo también era distinto, ahora sería mucho más maduro, entendería que una relación hay que cuidarla.

La infidelidad

En los últimos dos años de la década de los sesenta, David y James, empezaron una época ded gran trabajo en los estudios de la Atlántida en la "Montown". Tenían un contrato como músicos de estudio de la casa. Conocieron a otros grandes instrumentistas. Entre ellos, y sobre todo, allí se hicieron de uña y carne con un rubio de rostro ácido, aspecto curtido nacido en Florida que encandilaba a todos los profesionales del estudio. Se llamaba Duane y aunque de la misma edad, parecía mayor que ellos. Probablemente también era mucho más maduro. Duane se quedó huérfano de padre de niño, había vivido muchos años en Daytona junto con su madre y su hermano pequeño. Con un aspecto abigarrado, muy flaco de más de uno ochenta de estatura, pero dada su extrema delgadez apenas llegaba a los setenta kilos de peso. Su pelo era liso, laxo, poco abundante, tenía la piel sonrosada a punto de quemarse, por todo ello. La experiencia que le había dado la vida, le hacía parecer mayor incluso de treinta años. En esa época llevaba barba, casi pelirroja, además de las cejas caídas, ojos de ternero, vacíos, sin matices sin brillo. La nariz leporina. Sus labios era gruesos en especial el inferior. Su aspecto intimidaba, imponía.

Duane se convirtió muy pronto en un genio de la guitarra que no encontraba límites a sus metas puesto que poseía una capacidad de aprendizaje portentosa. Como muestra de lo dicho quedaron constancia de grandes grabaciones con Wilson, Aretha y Clarence.

En esa época Martha salía con David, por ello, iba alguna vez a Alabama a verle, tocaban casi siempre en los famosos estudios Muscle

Shoals. David, James y Duane estuvieron viviendo en el mismo apartamento durante un tiempo hasta que a principios del año sesenta y nueve, Duane les dejó definitivamente. Había empezado a conseguir un inmenso éxito con un grupo legendario. Poco después David, no sin sorprender a todos los demás, volvió a la filarmónica de San Francisco, James se fue a vivir a Tijuana. ¿Por qué?, Le preguntaba insistentemente David a James. David nunca lo supo, intentó contactar con él en Tijuana ni siquiera llegó a encontrarle, no había dejado ninguna dirección, ningún motivo, ninguna explicación, para David, sobre tan extraña decisión. Era extraño, porque incluso pudo contactar con Carlos, pero este no le quiso decir que su amigo estaba viviendo en su casa. James le había contado a Carlos la situación y porque era tan importante no contar nada. David que sentía como se le venía todo abajo con Martha. Ella parecía distinta, distante, distraída, inquieta. David, con la crisis de Martha, no podía apoyarse en su mejor amigo, que como se suele decir había evaporado en extrañas circunstancias. Murió sin enterarse de la mayor de las infidelidades. La más dolorosa. El engaño de subrepticio y sexual de su novia con su mejor amigo. Cuantos títulos de canciones de amor reflejaban el tópico. Era como un incesto, al tener la amistad un componente fuerte de familiaridad. El sentido de culpabilidad se intensificaba, al igual que el deseo de realización sexual después de desear. Si James no hubiera amado a Martha antes del engaño, aunque ella fuera una bomba física, él la hubiera rechazado. Pero el amor parece más fuerte, más traidor, más irresistible, que la amistad. Parecía que la tentación fuera irrefrenable, tanto que el no haberlo hecho hubiera sido como una represión ante un deseo plausible.

Todo sucedió uno de los fines de semana cuando Martha decidió ir a ver a David en Alabama. Siempre que ella iba permanecía todo el tiempo con David y apenas prestaba atención a los demás. El viernes noche habían quedado todos los del estudio para salir como hacían casi todas las vísperas de día libre. Aquel viernes en concreto David tenía dolor de cabeza y decidió quedarse en casa. La chica de los ojos indescriptibles quiso permanecer con él, a pesar de su obstinada insistencia David la disuadió para que saliera con sus amigos del estudio que se lo iba a pasar muy bien, no se iba a sentir extraña puesto que entre otras personas estaba James. David confiaba en James como un hermano, creía equivocadamente que Martha estaría protegida con su amigo. Aquella noche fue demasiado larga e intensa a la vez.

James, ahora está escribiendo una poesía en la pequeña mesa que tiene en el hospital. Ha cogido un pequeño papel y garabatea, mientras sigue pensando en ella:

Ojos que me miran

Ojos que no puedo dejar de mirar

¿Me están diciendo algo?

Pues yo no puedo dejar de amar

Luz de esperanza

Ventana a la felicidad.

Esperas algo de mí

No lo puedo dominar.

Niña de mis ojos

Obsesión infernal

Él más dulce de los besos

te deseo dar

- No parecía posible. Una atracción irrefrenable. Hubiera caído en el precipicio, si hubiera estado éste entre tú y yo, porque no lo habría visto ya que perdí toda la perspectiva de lo racional.

Esa noche todos se metieron demasiadas drogas, yo no fui la excepción. Sería infantil encontrar en el alcohol o en las drogas una disculpa, no la hay. El único motivo fue el deseo irrefrenable de sentirte. No nos enterábamos de nada. Empezamos a beber y fumar en casa de uno de los del estudio, no me acuerdo ya ni siquiera de quien. Martha se sentó al lado mío, lógico, a mí me conocía al que más, no podía parecer extraño, pero lo sorprendente es que sentí un calor inmenso, una angustia tremenda, un deseo insufrible, un ardor adolescente. Aguantamos bastante tiempo en esa situación de volcán en erupción, pues en ese momento ya creí que el deseo era mutuo. Hablábamos todos, reíamos, éramos todos una piña; hasta que el efecto del alcohol, las drogas, unido al cansancio, separaba las conversaciones, los besos, las miradas, en grupos. También nos quedamos Martha y yo aislados, no supusimos ninguna excepción. Estaba nervioso y excitado. Me acuerdo que sólo incliné mi cabeza, a la persona, al amigo, a la madre, a la mujer, a la ilusión, al reto, al egoísmo que más había amado en mi corta, pueril y desbaratada vida. Emoción que empezó a nacer con anterioridad pero que brotó por encima de la tierra en aquel momento. Muy enraizado a pesar de que todavía no había sido visible ni siquiera para mí. Entonces a ella se le resbaló parte de su pelo rizado sobre mi cabeza, yo con mis manos intenté el imposible de desrizarlo. Se convirtió en un juego infinito, maravillosamente eterno. Mis manos se deslizaban por un pequeño mechón de pelo hasta la raíz, y mientras realizaba el proceso de incitar lentamente mis nudillos que insinuaban un ligero roce en su menuda cara. Una acaricia escalofriante en esa piel tan suave, tan blanca. Cada vez la insinuación parecía mayor, deseaba el contacto con sus labios, menudos rosados, con pequeñas y exóticas estrías que parecían fresas, un superior sobresaliente pero ligeramente hacia arriba, el inferior más achatado pero más denso en el centro. Aquellos labios sonreían, dibujaban una comisura deseable y prohibitiva. Ella empezó a declinar su cabeza sobre la mía, se unieron nuestras mejillas, luego nuestros labios... en ese momento no pensé en David, tampoco me acordé de nadie, ni rememoré mi guitarra, ni escuchaba la música, ni siquiera hubiera atendido a un Dios ofreciéndome el paraíso.

Todos lo vieron, olieron la infidelidad, pero yo ni me percaté de ello. Cuando nos retiramos a una habitación, todos sintieron los cuernos de mi mejor amigo. Ya nunca ninguno de ellos me volvió a hablar. Me daba igual, ni siquiera apercibía la presencia de los demás, ahora sólo me importaba la más bella, la bella Martha. Cualquiera hubiera sido egoísta en mi misma situación, cualquiera hubiera caído en la tentación, y más yo pues no era u deseo, era un sueño hecho realidad que tantas noches había sufrido en el silencio. Ella se encontraba en ese momento conmigo porque quería estar. No podía tener remordimientos, tampoco creo que me estuviera utilizando.

JAMES: Martha, he hecho una nueva canción para ti quiero que la escuches a ver si te gusta.

MARIA: Cariño, me encanta que me hagas canciones, venga cántamela, que me muero de ganas por oírla.

JAMES: Tus deseos son órdenes para mí. Tus sueños son realidades en el amanecer, tu vida es mi vida, mi vida es tu vida, no sé como eran las cosas antes de conocerte, ya nunca podré saberlo. Como podía vivir y reír sin tenerte, como podía soñar en alguien como tú, si superas el mayor de mis sueños, por eso te voy a cantar esta canción con el corazón de este pobre selenita.

(James empieza a tocar con una guitarra acústica una balada muy sentida)

En el psiquiátrico empiezan a rodearle todos los enfermos, nadie puede resistirse ante lo bello de la canción, la guitarra de James, él canta pero tan sólo canta para su Martha. Todos escuchan, algunos lloran, otros callan, algunos dejan sus compulsivos movimientos por una vez. James es un artista, un auténtico virtuoso, ha hecho una versión maravillosa de Túpelo Honey de Van, canción que todos han escuchado en la radio. "She is on right, she is on right. She is an angel of the first degree…"

El momento en el psiquiátrico se convierte especial, cabezas que estallan por ser demasiado complejas en muchos casos, aprecian la maravilla de una canción. Todos aplauden, quieren más. Gritan al unísono que quieren otra:

Otra James, otra James...

Él, con el jaleo, se despierta de su ensoñación ve a sus compañeros de desgracias, se deprime, no dice nada, siquiera se siente confortado por los aplausos, esos ya los gozó, no los valora. Coge su guitarra, la guarda lentamente en la funda, se levanta, se va sin decir nada, y deja la remembranza, a todos la huella, de un momento especial. La improvisada audiencia se queda un poco alucinada por la reacción de su compañero, decepcionada por que no sigue y todos vuelven a sus problemas diarios.

La pasión

David en Muscle Shoals, antes de la infidelidad, le hablaba a James continuamente de Martha. James por un lado quería escucharle para así saber más cosas de ella, pero por otro lado no podía seguir sufriendo sin contarle nada a su mejor amigo. Sin decirle que estaba perdidamente enamorado de su novia.

Muchas conversaciones se repetían:

- James te tengo que confesar que echo mucho de menos a Martha desde que estamos en Alabama, creo que voy a volver en cuanto pueda a San Francisco para estar la mayor parte del tiempo con ella, no quiero anteponer mi trabajo si esto pudiera suponer perderla.

David parecía tener la decisión tomada de volver a San Francisco, y James intentaba disuadirle.

- ¿Qué dices tío? Si bebe los vientos por ti. ¿No va a venir este fin de semana verte?

- Por eso, voy a tomar esta decisión, cuando voy a San Francisco algún fin de semana se me hace tan corto que a la vuelta me siento muy mal. Supongo que a ella le va a pasar lo mismo, por eso no la voy a decir nada va a ser una sorpresa, cuando vuelva el lunes a San Francisco yo empiezo a preparar todo para estar a lo más tardar el viernes con ella.

James se moría de envidia cuando David volvía de vez en cuando a San Francisco, y eso que eran viajes temporales, la sola idea de que dejara el trabajo en la Atlántida le desesperaba. Con miedo le preguntó:

- David, ¡Estás muy colado! ¿Verdad?

Contestó sin dudar:

- No te puedes imaginar lo que la quiero...

El silencio fue total, la quemazón se sentía en el ambiente de la preocupación por una situación que iba a estallar, era irremediable, el gusto coincidente ante una maravilla que enamora. Todo esto sucedía el fin de semana anterior al de la traición. James tenía el engreído pensamiento de que Martha no estaba enamorado de David; tampoco tenía motivos para hacer tal afirmación, pero se sentía mejor y más esperanzado pensando así. Después de aquella frase de David, le quedo claro que la decisión estaba tomada y que no quedaría más remedio que intentar olvidar a Martha que total parecía más un enamoramiento infantil que otra cosa, pues apenas la conocía, y en todo caso mucho menos que un verdadero enamorado como parecía David.

Todo cambió después tanto... con la oportunidad, volvió el egoísmo de James. Aquel día de fin de semana que David para su desgracia se había puesto enfermo, sin embargo convenció a Martha para que fuera con los demás, inclusive James.

Cuando entré en aquella habitación, que de adornos se encontraba prácticamente desnuda, con Martha, no podía dejar de mira sus deslumbrantes azules ojos hipnotizadores. Fue el momento, de mayor ardor y deseo que puedo recordar. Nos besamos en los labios, mas ardientemente que cuando estábamos en el salón de la casa con los demás. Nos desnudamos despacio por partes, por turnos, nos volvimos a besar en todo el cuerpo, toqué sus pechos, los libé, como un bebé sediento de ella. Todo fue despacio y a la vez sucedió muy rápido. ¿Sentiría la pequeña

Martha lo mismo que estaba sintiendo yo? Sería para ella uno más, o el simple despecho de un mal momento con David. Pero en aquel momento no me planteé ninguna de esas cuestiones. Lo más probable es que sólo pensaba en ella, por primera vez con una mujer, mi mayor placer era el que ella lo sintiera, que increíble y que pena no haberlo sentido antes.

Después de consumar la perfidia dos veces, para que no quedara lugar a dudas, dormí en tus brazos, con mi cabeza rozando tu pecho izquierdo, con mi brazo derecho en tu cintura, con una expresión de paz como habiendo descubierto la felicidad absoluta. Nada nunca volvería a ser lo mismo. Supe que estaba enamorado. No por la consumación del acto sexual, no, era porque sabía que nunca volvería a ser feliz si no era contigo, adiviné que las seis cuerdas de mi guitarra no tendrían ningún significado sin ti, supe que podría prescindir de mi mejor amigo, de mi familia, de mi música; cuando me di cuenta pensé que no era bueno, que no era bueno estar enamorado, que era lo más conveniente y que preferiría estar follándome a rubias que tan sólo querían que las invitara a cenar.

Sucedió en ese preciso momento cuando me acordé de David diciéndome por primera vez, que no la dejara volver a ver. Yo tardé más tiempo en comprender que ella nos iba a dejar pillados a dos amigos con gustos y pensamientos demasiado paralelos, Martha como pensamiento común no iba a ser una excepción en nuestras prioridades, sino la gran aspiración e inspiración. Una musa demasiado cercana para los dos para no resultar la situación cuanto menos incomoda y realmente insufrible de tener un numen común. Nuestro destino más cruel tornado en el deseo más dulce.

Estaba enamorado, satisfecho por haberla conseguido pero no estaba feliz, no me encontraba a gusto en aquel momento. Apenas pude dormir, dándole vueltas a la cabeza.

A la mañana siguiente, cuando me desperté, allí ya no estaba. Me quise morir, ella se había ido, seguramente había vuelto con David. Yo me encontraba sólo. No hubiera sido tan malo el no estar en el paraíso si nunca lo hubiera conocido. Probé con injusta facilidad sus labios. Sólo quería verla de nuevo, pero medité la situación, entonces decidí huir de ella, del entorno, de Martha. No quería que volviera a pasar, aún menos que lo intentara y no volviera a pasar. Puse música en el tocadiscos, bebí un vaso Bourbon, miré por la ventana la eternidad desértica que me esperaba, lo desgraciado que iba a ser, lo desgraciado que iba a hacer a los demás. Siguiendo el circulo de la vida, dos depredadores en busca de devorar a la gacela más apetitosa; tanta unión musical bajo el hilo vano de una amistad muy inferior al amor, o más bien al egoísmo sin capacidad para negar la evidencia. Aquella mañana lloré, además, lloré de forma verdadera, intentando expulsar las lágrimas de mi cuerpo con una fuerza arrebatadora. Mientras por el tocadiscos escuchaba a Janis cantaba que era un trozo de mi corazón. Una y otra ver arrancaba la desgracia del lloro más profundo, aquel que tu boca descarga un continuo además de patético tic que parece que va descolocarte unas mandíbulas que no aguantan las desgracias, mientras los ojos se cierran, aprietan con tremenda dureza los párpados para no poder abrirlos si querer ver la realidad, mientras sombras chinescas y gárgolas deformadas se dibujan en tus encerradas pupilas. Buscaba la calma de unos segundos hasta que la evocación me hacía estallar otra vez. Eso que tocaba las sabanas de aquel lugar buscando un recóndito espacio de la piel de Martha. Mi nariz sentía con lívida impertinencia su olor, impregnado ya en cada célula de mi cuerpo, en cada neurona de mis recuerdos, aún en lo más profundo de mi propio arrepentimiento, pensaba en David, aún así, todavía sentía el deseo de volver a yacer al lado de ella. La erguida herramienta del pecado seguía queriendo procrear, en cuando la imagen de la noche anterior martillaba mi cerebro y exaltaba mi corazón. Pero sobre todo lloraba porque no estabas, y quizá era sólo para ti una aventura. Demasiadas pasiones para un mañana de Alabama, en compañía de nadie, con un Bourbon, e incluso demasiado para la música de Janis. Golpeé el vaso contra el suelo, pero fue un acto teatral que un propio sentimiento impulsivo, puesto que ello no me hizo sentirme, ni de lejos, mejor.

Finalmente pensé rápido y tomé la decisión de irme a Méjico, a descansar, pensar... Tranquilizarme, no dejarme llevar por el sentimiento tan fuerte que había tenido esa noche. Pensé que todo podía haber sido intensificado por los efectos del LSD, tal vez Martha simplemente era una más y con la lejanía me daría cuenta de ello. Pero aún no sé exactamente porque elegí aquella escapada de la realidad. Que parecía un mayor acercamiento a las raíces de lo sucedido, una explicación extenuante del pecado.

Ahora que había tomado una decisión rápida, también tendría que actuar con avidez. Todo parecía suceder con celeridad aquel sábado. Tenía que irme pero no se lo podría decir a nadie. Tan sólo una llamada a mi jefe de la Atlantida, que estaba en la central de Nueva York. En aquella casa eran las 12 de la mañana, todavía había personas de la noche anterior durmiendo en aquel lugar. Me crucé con alguno de los que, al igual que yo estaban ya despiertos, apenas nos saludábamos con un bueno días; Notaba que me miraban bastante mal, nadie me preguntaba nada.

Cuando llamé a mi jefe por teléfono, no se lo podía creer, parecía muy enojado. Le dije que me iba a tomar unas largas vacaciones. Por suerte o desgracia él estaba habituado a nuestros desplantes y caprichos. Enfadado, pero no extrañado. Lo que estaba claro es que sería difícil que volvieran a contar conmigo para ser parte de los discos de los grandes de la Atlántida.

Tenía que ir al apartamento a por las cosas, no sabía cómo hacerlo porque quizá estuvieran Martha y David, o alguno de los dos. Decidí finalmente, llamar a ver si con un poco de suerte se ponía Duane, y le podía explicar la situación. Y así pasó.

- Hola Duane, ¿Cómo estás?

Contestó con bastante sequedad:

- Bien, ¿y tú?

- Mal. Como te imaginas

Busqué comprensión por parte de Duane, pero fue en vano:

- Prefiero no imaginarme nada, además, hoy ha llegado Martha aquí como si nada hubiera pasado. Ayer no parecías que estuvieras tan mal.

- Venga no me fastidies, ya entonces, ¿Ellos no están ahora en casa?

- No se han ido a pasear por la ciudad. Vendrán a la noche.

- Entonces aprovecho para ir para allá a recoger mis cosas. ¡Me voy de aquí!

- ¿Qué dices tío?, ¿Estás loco, o todavía con los efectos de las drogas? ¿Vas a huir de la situación? ¿Y tú trabajo en la Atlántida?

- Está decidido, me voy de aquí, no puedo aguantarlo más, la deseo, la amo, la quiero; no puedo volver a traicionar a mi mejor amigo.

- Joder tío, y ¿Tienes decidido adónde ir?

Duane no podía creer lo que estaba escuchando, cada vez entendía menos, y, además, pensaba que estaba tirando su carrera musical por la borda. Duane siempre soñó con que James y David fueran parte de la banda que quería formar con su hermano.

- Sí, te lo voy a decir, pero no se lo digas a ellos; por favor, no quiero que sepan donde me voy. A David le dices, que no tuve fuerzas para decirle que me iba de la Atlántida, le dices que no aguantaba más este trabajo, que me voy a componer algo. Voy a estar en Tijuana, en México; allí Carlos tiene una casa.

- James, creo que estas cometiendo un error.

- Me da igual, sé lo que hago, estoy arrepentido por todo lo que he hecho

Duane se sobresaltaba pocas veces pero en esa ocasión me contestó gritándome:

- ¡Oye! ¡Tú no tienes la culpa de que la novia de tu amigo sea una puta¡ Mira la tía ha llegado esta mañana como si nada.

Esa frase retumbó en mi cerebro, después de la noche anterior, había pensado que ella me amaba de verdad, que no era cuestión de que ella fuera una "guarra" o no. Obviamente, mi ego me había hecho pensar que yo era una tentación irremediable para ella. Pero seguramente lo dijo para intentar persuadirme. Duane nunca me lo pudo perdonar, y la siguiente vez que nos vimos fue en el entierro de David. Allí no hablamos. Después su hermano Greg vino a verme cuando yo estaba enfermo, y para entonces también Duane había muero. Me habló de la gran decepción que le supuse a su hermano y me ofreció ser su sustituto en la banda, pero yo no podía; una vez recuperado me lo volvieron a ofrecer, pero para entonces ya sólo pensaba en mi proyecto individual.

Cuando las cosas pueden empeorar, de hecho se agravan. La tristeza puede ser superior a lo imaginado, y el destino es una cruel arma. Sin estar de lejos curado de espantos James, al mes de estar en México recibió un penoso telegrama, que resume lo mejor y lo peor de los sentimientos humanos, lo mejor y lo peor del amor, lo difícil de una amistad ante un sentimiento, quizá no dominante, pero sí superior.

Recuerdo el semblante de pobre Carlos, cuando me lo dio, quedaba llorando, destrozado, incluso liado por la situación me hablaba en castellano, por ello yo no le podía entender nada.

- Nuestro manito, en un accidente, nuestro manito… perdido para siempre, ¡chingada de mierda!

- ¿Qué dices Carlos? ¿Qué pasa? No te entiendo, dame ese telegrama, dame de una vez ese telegrama.

La última vez que le había visto fue la tarde anterior de la gran magaña. ¡Yo que había decidido contárselo todo, yo que ya iba a volver para afrontarle la verdad, incluso decirle que iba a luchar por el corazón de ella! Yo que me levantaba sudoroso y sobresaltado, todas las noches pensando en aquella noche. ¡Parecía como si me hubiera quitado un peso de encima, ya no te tendría que darte explicaciones... A pesar de todo puedes estar ledo y triste a la vez, yo me sentía alegre por mí, pero no me sentía bien por constarlo; Por otra parte me encontraba muy mustio, conmocionado, luctuoso por la pérdida de mi mejor amigo que, además, le había engañado miserablemente, al que también había adulterado Martha, a la que esta vida le había estafado, él lo sabía: ¡No me dejes que vuelva a ver a esta niña! Decía. Esa tarde volví a llorar amargamente, por la noche, salimos Carlos y yo en coche hacia San Francisco. Apenas hablamos, estábamos tristes, ni siquiera paramos en algún momento. ¡Dios! Ahora sí que me encontraba realmente hecho polvo, como podía por un momento alegrado por su occisión, me sentía aún peor, incluso no quería ver a esa mujer que se había interpuesto entre David y yo, menuda bruja... menudo gilipollas que era yo.

Empecé a Leer una poesía que había escrito para ella y que alguna vez la convertiría en canción. Creo que es lo único que hice en todo el viaje además de pensar, auto castigarme con el remordimiento y llorar por la pena.

Mujer de mis sueños
Canción desesperada
Ilusión diluida
En un vaso de esperanza.

Ojos indescriptibles

Palidez embrujada
Lira del poeta
Montaña no escalada

Sabiendo que no me quieres
Sufriendo la destemplada
Pensando en ti
Realidad desazonada.

Rompiendo toda rima
Sin cumplir con la razón
Sin poder explicarlo
El olvido no se diluye
La presencia no me ampara

Mujer única
Lo mejor de mi existir
Nunca encontraré algo igual
Cuando siga buscando
En esta vida cansada.

La esperanza

Martha con cuarenta años ha perdido totalmente el contacto con todo lo relacionado con su juventud en San Francisco, puesto que lleva diez años casada con un famoso productor de cine y viven en Los Ángeles, en una mansión en Berbely Hills. Debe reconocer que en estos últimos quince años le han pasado menos cosas que en aquellos años de San Francisco, desde que conoció a James y David hasta que llevaron al pobre James al Hospital psiquiátrico. Ahora años insípidos de vida simplificada, pocos problemas. Momentos repetitivos de poco calado, días que se confunden, semanas clavadas, meses inexorables, consumo y apariencia superfluas.

De hecho hacía mucho tiempo que no recordaba el pasado en el que al vivir de esperanzas pudo morir de desilusiones. Ha puesto un disco de los que consideró grandes amigos pero que la traicionaron en el mundo de la música.

Ingratitud, pues Martha estuvo a punto de formar parte de los Airlane cuando comenzaron. En el último momento se cruzó una cantante que ella misma consideraba mucho mejor, a pesar de lo odioso de las comparaciones. Luego se convirtieron desde el 65 hasta mucho después en una de las formaciones más míticas de la historia. Ella reconoció la derrota ante una rival invencible, sin embargo, sentía el amargo gusto de no ser ella la que empezara una maravillosa carrera artística con sus grandes amigos. Ese fracaso profesional la traumatizó aún más; antes de conocer al grupo de David y James, ella estaba pasando una época más delicada de lo normal, estaba deprimida por su niñez que la marcaba y por el fracaso de cantar en un grupo de muy poca categoría. Su baja autoestima la llevaba a concluir que estaba en el grupo que ella se merecía. Muchas noches donde cantaban siquiera iba, aludiendo estar enferma o tener mal la garganta.

Parecía inmensa pero diminuta a la vez, tan robusta no obstante, tan delicada. Pero actualmente no podía morir de tristeza porque lo suyo ya no era vivir. Metida en una máscara opaca a las rememoraciones, negadora de lo vivido, hipócrita del existir; parecía muerta desde hace muchos años.

Sin embargo, con las meditaciones de su cuarenta cumpleaños motivó una pequeña cabida al pensamiento pasado; Martha volvía a soñar, pesadillas por el sufrimiento pero también de ilusión, de esperanza.

Martha se puso a Leer el periódico como todas las mañanas, rutina de una vida burguesa, leyó una extraña noticia, ¡qué casualidad, era sobre él! Hablaba de James. Sintió renacer, tuvo el deseo de volverle a ver.

No sé si me querrá ver después de tantos años, además, debo de estar horrible, a lo mejor siquiera me reconoce, que nervios me han entrado de repente. Cuantos años de vida aburrida, agarrada a la nada. Los Ángeles me aburre, me mata, no me gusta, ni siquiera he querido trabajar en películas que me ofrecía mi marido. No he participado en ninguna juerga que él se monta. Hicimos un trato, casarnos, para vivir juntos, para taparle su homosexualidad. La verdad es que le quiero un montón. Él me ha dado un hombro para contarle todos mis problemas, la verdad, como él no me ha entendido nadie. Deseo contarle lo de James, ¡Cómo se va alegrar!

Hacía tiempo que me habían dicho que no estaba en el asilo psiquiátrico, que había salido de él; sabía que estaba trabajando otra vez en unos estudios en San Francisco. Daba igual, me daba mucho miedo el volverle a ver, y aunque lo pensé cuando me dieron noticias de él, ahora que le veía nombrado en el periódico, el corazón me ardía de deseo. Ahora no tenía tanto miedo, o al menos estaba dispuesta a superarlo.

Recordé la época en la que estuvimos juntos, todas las cosas buenas que vivimos, los grandes momentos que tuvimos. No quise ponerme a pensar en los malos momentos, no quería en ese momento, ya los había sufrido demasiado, era el momento de darnos una segunda oportunidad.

JAMES: Cariño, llevamos ya bastante tiempo juntos, quisiera enseñarte algo que te he regalado.

(En ese momento James saca un trozo de la envoltura en papel aluminio de la chocolatina que ha tenido de postre en la comida. Cuidadosamente tratado para que tenga forma de un anillo y se contesta así mismo imitando la voz de Martha.)

MARTHA: Muchas gracias, es precioso, te ha tenido que costar el ojo de una cara.

JAMES: Martha, quiero preguntarte algo. ¿Te quieres casar conmigo?

MARTHA: (Rotundamente) ¡No!

(En ese momento James, empieza a gritar, arañarse el cuerpo, entonces comienza a sangrar y a golpearse contra las paredes, el suelo, termina en el suelo llorando, golpeando el suelo con el puño izquierdo. Entran dos celadores para pararle. Se tira una semana en la enfermería recuperándose)

Pero aquel delirio le recupera de sus diálogos.

Algo reconoció en su cerebro que la farsa creada por él mismo de creerse vivir junto a Martha se tornaba en una acto vano de búsqueda. Se estaba empezando a creer su propia farsa, algo que en un inicio lo había creado para sentirse mejor, ahora no se lo podía quitar y, además, era peligroso.

Por ello, en ese momento, los médicos le intensifican el tratamiento, le meten en un programa de internamiento total de 3 meses. Ese fuerte trauma sufrido por James hace que ya no hable con Martha. Después y con más medicación, James empieza a tener delirios aún más irreales pero que le llevarían a ver la realidad, el objetivo: Debía de volver con su niña, perdonarla para vivir con ella para siempre.

Por ello, quiere dejar de soñar, quiere luchar de nuevo, por ella, por su familia, por sus amigos, por la música.

James no vuelve a hablar, en el abismo de la locura, con Martha. Parece haberse arrinconado el trauma del desengaño. Ahora se ha convertido en una persona con una profunda tristeza, por momentos depresiva, retraída, pero no paranoica, motivo suficiente para que poco después de un año del suceso de la imaginaria propuesta de boda, saliera del manicomio. James parece estar curado después de unos largos y angustiosos cinco años, pero vive en lo más profundo, como eterno, de los abatimientos.

Dedicado a ayudar a músicos, nunca una reseña en los discos, nunca publicidad, ni un solo premio musical. Entre otros motivos por que el no persigue que se sepa de él, vive en casi un completo anonimato. Casi todos sus amigos ya no están, han fallecido. Las desgracias de David, luego Duane y Berry le graban profundamente. Colabora en los discos de la banda de Greg, pero ni siquiera ahí sale su nombre en ningún sitio, además, reserva el mejor de su arte para su obra.

Sucede en esta segunda época cuando firma de nuevo un contrato con una compañía discográfica, es el año 77. En la compañía discográfica quedan algunos antiguos colegas del panorama musical anterior. Los que quedan y le recuerdan les parece preocupar su pasado, su eminente autismo actual. Para muchos no hay en esos momentos ningún guitarrista como él, por ello mejor no interesarse, ni preguntar por su pasado, mejor no indagar en que hace su rato libre, porque no parece querer contar con nadie, ni familia ni conocidos. La compañía es de su antiguo jefe de la Atlántida. Se siente bien, con la vuelta del niño pródigo, aquel que una vez le abandonó. Se quedó en un momento sin guitarristas de estudio y se acordó de James. No tuvo problemas en llamarle y James no tuvo problemas en aceptar. La cara de alegría al verle fue suficiente para saber lo que podía aportar el espigado guitarrista. No había perdido nada de su arte, incluso notó que había madurado y encontrado nuevas vías de creación.

Años sonando su anónima guitarra en lo que empieza a llamarse el fantasma de la compañía. Compone canciones, cantidad, todas en colaboración, pero exclusivamente se publican bajo el nombre del otro artista. No parece extraño pensar que si alguna vez se notificara como creador de todas las canciones que le pertenecen, tendría un legado que le llevaría del anonimato a la fama. No obstante James no se plantea el éxito ni siquiera como escapatoria de una vida desgraciada, como pavoneo para sobrepasar los sinsabores; No quiere destacar, ni se lo plantea, sólo se preocupa en la música.

Nunca se le ha visto con una mujer, no tiene esposa, ni novia, ni siquiera amante; pero no por ello se queda a tomar copas a la salida. No cuenta con nadie, a pesar del intento de bastantes. Se puede tirar más de doce horas en el estudio tocando, componiendo, trabajando, sólo en compañía de su música, cada vez más creadora, más rica, más excepcional. Muchas de las composiciones que se han escuchado en aquel estudio dos, no las ha prestado a nadie, las graba minuciosamente, en un multipistas. Son composiciones generalmente al piano, apenas se le oye cantar pues canta muy bajito, parece no querer ser escuchado por nadie. Con él si no se habla de música no se habla de nada.

El misterio rodea a ese hombre, nunca se le sorprende tomando algo con alguien, no fuma, come lo necesario. Sin embargo, se le ve deambular por el estudio durante todo el día, cuando llegas ya está ahí, cuando te vas aún continua. James habla muy poco. De vez en cuando atrae al estudio a los más famosos de los setenta. Tan sólo aparecen para conversar y tocar con él. Se le ha visto con Steve, con Greg, bromear con Neil, tocar con Boz, encerrarse toda la noche en un estudio con Eric sin haber grabado nada. Cuando está con ellos cambia y en aquel momento empieza a charlar, parece confiar en ellos. Se está creando una leyenda, incluso Rolling Stone quiere hacerle una entrevista puesto que es actualmente el músico de estudio más considerado de toda América. Lo rechaza, no quiere personificar su fama, pues está empezando a producir a jóvenes talentos de la zona, lleva personalmente a algunos artistas de la compañía. Además, su jefe le confía todo, le pregunta y pide consejo; muchas veces no da un paso sin antes consultar a James. Aún así, sabe que la música está cambiando, ya las grandes bandas de finales de los sesenta o principios de los setenta están pasando, acabando; pero consigue grandes logros con sus producciones. La gran mayoría que le conocen, le admiran, le piden consejo. Parco en el habla, no obstante, se muestra muy servicial. Por ejemplo es capaz de dedicarle un tiempo a enseñar a tocar la guitarra a un chico de la compañía que es el encargado de los instrumentos musicales. Cuando viene con instrumentos nuevos o tiene que realizar algún transporte busca a James para tocar los dos juntos.

Cuando él toca, todos callan.

Nada más salir del tratamiento decidí empezar una actividad intensa en el mundo de la música, me encerré en el estudio, cualquier músico que necesitara mi ayuda allí iba yo, le ayudaba. Afrontaba la realidad de la vida, por ello el tiempo que me quedaba por vivir, crearía y crearía, tocaría, todo se lo dedicaría a mi amor, quería componer algo tan bueno, tan bonito que llamara la atención de Martha. Para ello tenía que practicar mucho, recuperar el tiempo perdido y tocar todo el día. Una deliciosa excusa para volver verte. El mejor y mayor regalo que te pudiera hacer.

La cuestión era terminar aquella obra que había empezado en un momento de absoluta felicidad, cuando vivía con ella, y habíamos empezado a olvidar el dolor de la falta de David y nuestros engaños. Cuanto tiempo había pasado desde entonces; después de la escapada a Tijuana, vuelvo al mes a San Francisco al Funeral de mi amigo; pasan unos meses hasta que empiezo a salir con Martha. Luego me quiero morir por ella, y por el dolor que me provoca, y enloquezco, nada menos que cinco años en el agujero negro, ahora empiezo esta nueva vida, voy a necesitar unos años para enseñarle a ella mi obra, es sólo para ella, no me importa los demás o lo que pueda gustar, yo quiero que guste y que emocione a Martha, y así pueda demostrar mi amor hacia ella.

En el año 70, todos desaparecen de Muscle Shoals. James, David y Martha tienen los tres 24 años. David muere al poco tiempo, durante el año 71, James y Martha viven juntos. En el 72, Duane muere en accidente de moto, Haigh Ashbury es un triste recuerdo, James enloquece. En el 73 Martha huye para Los Ángeles. Ostracismo hasta el 77. Tendrían que pasar todavía unos años más para que todo fuera mejor, para que esta vida de ciclos, llegara a su cresta. La niña Sandra desconoce todos esos años setenta, ella sería el fruto de todas esas desgracias y felicidades.

La felicidad

Esa mañana del setenta y uno en San Francisco, James al abrir los ojos vio la imagen de Martha junto a él. Se habían acostado juntos. James presenciaba en aquel momento una juventud que le hacía sentirse risueño. Fragancia, matiz, ardiente fantasía de una noche interminable. Martha era ardiente y sacra, un soñado paraíso de sublime hermosura. En aquel amanecer que era el crepúsculo de un tesoro de dichas. En James quedaba todavía el grato recuerdo de frases de un momento de amor durante la noche anterior.

La miró, pensó en ella, tierna, ardiente, voluptuoso circulo soluble de gentiles formas, delicada, sublime, inefable, evacuadora de desgracias. Martha estaba desarropada, luminosa como un alba, carne de rosa. James contemplaba la palidez de un hermoso marfil, lleno de sangre hirviente, relumbrante postura, airosa espalda de sueño interminable. Para él, ella era un céfiro lascivo de un rostro de enrojecida faz, frente de alabastro, cristalinos y enormes ojos del azul de los cielos, pupilas de amor, boca llena de fragancia. Martha se despertó con los ojos cansados pero llenos de ternura y se dirigió a la ducha. Gallarda, garbosa, radiante deidad. Con su célica hermosura miró a James. En ese momento sintió el súbito alborozo de un gesto ambiguo, evocador. Con aplomo besó su frente. Turbado, orgulloso, cautivo de su causa, enmudeció ante la veleidad de un pecho ilustre y erguido. Errante afligido de entender que tal vez no sería eterno.

Enfático, con voz hueca altisonante y una sonrisa emocionada James la dijo:

- Te quiero

Martha no contestó, le miró de soslayo y con cierto miedo.

Ella se empezó a duchar, James escuchaba el caer del agua sobre la diosa, llantos de hiel, imaginando la perfección. Morada silenciosa del sueño de unos amantes brazos, dispuestos a abrasar el sentido de la vida. Inmortal suplicio, del oír el murmuro la fina agua sobre la sonrosada aurora.

Al verla salir con los cabellos que goteaban brillantes, húmedos de rocío, él enmudeció.

Fogosa, con armonioso acento, mientras secaba su fino cuello, Martha le dijo a James que tenía que irse.

James le quedó la duda de saber cuánto duraría, porque parecía que jamás iba a acabar. Tenía miedo de la posibilidad de acariciar el cielo con los dedos, para luego disolverse delante de tus propios ojos, delante de tu propio existir.

En la realidad de un mundo lleno de imperfecciones, más traumático para el inconformista más odioso como es un genio.

Como la válvula de escape más usual del artista, ese día James empezó la idea de realizar una obra musical, que después se convertiría en una obsesión.

Obra concluida demasiado tarde para que sólo pasara apercibido a los ojos de unos pocos por anacrónica. Un disco que aceptó publicar bajo su nombre en el año 83 y que a pesar de obtener las mejores críticas, no tuvo mucho éxito para el gran público. Demasiado fuera de tiempo, la música rock había involucionado, James había evolucionado, demasiada distancia para poder ser comprendido.

Tuvo el apoyo de la crítica y también la de sus amigos, grandes músicos que colaboraron en él; eso ayudó a crear la suficiente, expectación. Sorpresa para algunos críticos que entonces se dieron cuenta que aquel apenas conocido artista era un genio.

Anuncio de disco que se publicó en la mayoría de los periódicos, el disco se llamaba "Lloran tus ojos azules". Una mañana del ochenta y tres, ella sorprendida volvió a saber de su amigo. Su amante.

A ella la obra le enamoró, porque era lo más bonito que habían hecho por ella, porque estaba creada por James, porque le parecía bonita.

Han pasado demasiados años, James ahora vive en las afueras de San Francisco. La ciudad se ha convertido ahora en mucho más turística. Se terminaron los hippies, hay alguno, pero más como reminiscencia del pasado que como fenómeno social.

Ahora San Francisco es más conocido por el movimiento homosexual. Todavía queda alguno de los de siempre. A diario en el estudio, se encontraba James con su colega guitarrista Jerry, o con algún otro.

Justo antes de acabar la grabación de su disco se aprecia un cambio. James lleva unos días que parece otra persona, le vuelven a brillar los ojos, le está dando los últimos retoques a su obra maestra, le está gustando, nadie le ha negado una colaboración; había realizado una lista para buscar a quien iba a necesitar en cada momento, y no tuvo que tachar a nadie. James después de oscuros años, vuelve a sonreír.

No pierde la sonrisa de sentirse seguro de sí mismo, la presentación del disco en Frisco va a ser pronto. Sabe como contactar con Martha para hacérselo saber, para que ella esté ahí, en el momento justo. Nada puede fallar, no ha pensado en el error, imagina que se enloquecería de nuevo; pero prefiere no pensarlo, y cree que merece la pena morir en el intento. Basta de cobardías, no más miedos, más comprensión, más felicidad.

Los hippies

La época las de finales de los sesenta fue muy intensa en Estados Unidos, y en especial en la ciudad del puente del Golden Gate.

Mientras estaban desapareciendo los pequeños comercios, se empezaban a construir centros comerciales como el South Market. Un Manhattan, más bohemio en la ciudad de la costa Oeste.

El lugar de la protesta, la lucha contra el fascismo, la liberalización sexual. Eran los niños o los adolescentes que habían llorado al carismático JFK, los que ahora luchaban contra los valores establecidos, la injusticia racial, la guerra de Vietnam.

La gente joven, en especial los hijos de la clase media anglosajona, decidieron romper los convencionalismos de sus padres, rebelarse contra el "American Way of Live¨ (Modo de vida americano) que había resultado en décadas anteriores. Al ritmo del rock más intenso de una banda del lugar. El promotor Chat Elmson, se convertía en el mejor alcalde de la ciudad, animando, como maestro de ceremonias organizando grandes bailes, y conciertos.

Les cautivaba también el rock del otro lado del Atlántico. Los músicos que venían de la antigua metrópoli. Su aspecto era radicalmente distinto al de sus padres; trasgresor, el pelo era tan largo como corto el de los que iban a la lucha militar.

Woodstock fue estupendo, pero para muchos en San Francisco, el punto culminante, había sido antes. Hubo un gran festival en la orgullosa ciudad. Se llamó el Human Be in en Polo Fiel, en el Golden Park.

Música, política, libertad, todos eran jóvenes exaltados, soñando en el deseo de cambiar el mundo.

El ambiente de San Francisco, en esos tiempos fue irrepetible. Martha seguía mucho los temas de gobierno, por que en ese momento deseaba crear un movimiento político con las ideas que promovía el hipismo dentro del partido demócrata. Existía un clima enrarecido por los asesinatos a los estadistas más importantes del momento. Por lo general, con sus defectos y virtudes, luchadores por la libertad. La muerte del Reverendo Luther King, fue un mazazo para los que creían en la integración racial. Había un sentimiento de impotencia con los asesinatos de los Kennedy. Parecía que no había sitio en este mundo para los defensores de la libertad, la concordia y la solidaridad. Tal vez los asesinatos o la propia decadencia de los movimientos surgidos provocaron que nunca más estuvieron en boca de más gente aquellos valores, al menos de aquella forma.

En décadas pasadas, la población de la ciudad se agrupaba por barrios. La tendencia en los sesenta fue a la mezcolanza, con la emigración de asiáticos e hispanos, e incluso el nacimiento de los primeros movimientos 'gay' en aquel momento recluidos en la Misión Inner. El elato aristocrático parecía desaparecer. Todo esto ponía de los nervios al padre de Martha; a ella, sin embargo, le emocionaba. Creía que era algo más que una moda o un movimiento con fecha de caducidad. Confiaba en que se pudiera cambiar el mundo como decía aquella canción. El sueño de juventud se difuminó con el tiempo. El movimiento desapareció, quedaron nefastas consecuencias; pero ya nada sería igual en la mentalidad de muchos jóvenes del país.

Una juventud, la de James y Martha que pintaron el autobús psicodélico del escritor Ken Kersey como signo de liberación artística, volaron con el LSD como demostración de no existir privaciones, probaron la píldora anticonceptiva para encabezar la libertad sexual... la juventud definida en una afortunada y exaltada crónica del momento:

Una unión de activismo Y amor, previamente separados por un dogma categórico; Todo, finalmente, ocurrirá cuando los políticos y activistas de berkeley, la comunidad hippie, la generación espiritual sean todos los continentes de su generación. Revolucionaria. Todos envueltos en la generación de jóvenes americanos, la humanización del hombre y de la mujer americana que puede comenzar en unión y valentía, sin miedo, dogmas, supersticiones o rigor dialéctico. Un nuevo concierto en las relaciones humanas, desarrollado por la juventud suburbana que debe de emerger, convirtiéndose en la conciencia y ser medido para una revolución de las formas, pueda ser contemplada como un "renacimiento" de entendimiento, cuidado y amor en la revelación de la unidad de toda la humanidad.

La revolución espiritual será manifestada. En unidad, deberemos empapar al país con olas de éxtasis y purificación. El miedo será lavado lejos, la ignorancia será expuesta al sol, beneficios e imperios se tumbarán secos en playas desiertas, la violencia será sumergida y transmitida a ritmo de baile".

Aplastante declaración de principios, que quedó en agua de borrajas, terminando como nihilistas de su generación, envejecieron muy mal. Su cadáver no parece en ningún caso presentable, porque el ideal era joven, además de condenado a no perpetuar tan fascinante como breve; tan bonito como imposible.

Al final queda un fascinante cuadro de ilusiones, que lleva a la humanidad a crecer en su historia más macro universal, y en todas aquellas intrahistorias de apasionante suceder, de aquellos jóvenes soñadores en la tierra de las realidades despiertas.

En aquel festival en el parque Golden Gate, donde budistas e hindúes impregnándonos de su filosofía carismática. Mientras sonaban los acordes de la QuickSilver Secret Service, Janis y los Grateful Dead.

Los oradores, Allen Ginsberg y Gary Zinder arengaban para cambiar lo establecido, para hablar de nuevas opciones, para exaltar los sentimientos.

Lo mejor, el final del festival, chicos considerados como sucios e incivilizados, empezaron a recoger toda la basura del parque. ¡Era fantástico! Un clima de colaboración, confraternización, que todo parecía ser un sueño.

El abandono

Martha, todavía hoy, siguen considerando como incomprensible la insaciable ambición de su padre por el triunfo profesional, en contraste con la total ignorancia hacia su niña. Una pequeña cría fruto de un amor loco, accidental y maravilloso. Ningún sueño, ninguna aspiración, ningún deseo de que ella supusiera algo para él. Relegaba a su hija a la profundidad de prioridades de los simples conocidos. Muy dura para una pequeña soñadora, poeta de siete años, que necesitaba del amor verdadero de su padre. Bonita, sagaz, vulnerable, desmesuradamente perfecta para, irónicamente, no recibir los zarpazos de la vida con mayor violencia.

Al final, los traumas de la vida parecen formarse por pequeños detalles, atesoramos muchos recuerdos, pero nos quedamos con pocos. Martha no puede, casi no quiere olvidar un día en el que se vinieron abajo demasiados ideales, y vio arriba demasiadas realidades.

Un día, de niña, decidió que debía hacer algo para acercarse más a su padre. Tal vez la distancia entre los dos también era en parte por culpa suya. Un pequeño paso podría suponer una cercanía mayor. Una mañana antes de ir al colegio, Martha le dio una poesía que había escrito la noche anterior:

- Papá he escrito algo que quiero que leas.

Su padre Ian, la contestó sin apenas mirarla a la cara, estaba tomándose un café mientras de pie intentaba ojear el periódico u ponerse la chaqueta

- De acuerdo hija, déjamelo en el portafolios, ya lo leeré.

Después de dudar un poco, decidió insistir con su padre, pero ya se estaba empezando a sentir decepcionada.

- ¿Por qué no lo lees aquí junto a mi papá?

La miro, la sonrió y sin haber acabado la frase se dio la vuelta hacia la puerta y de espaldas a ella la dijo:.

- Lo siento, ahora no tengo tiempo, cariño.

Martha le dio tiempo correr hacia la puerta abrirle el maletín y meterle lo que había escrito mientras le sonreía.

Aquella bellísima poesía sobre el jardín de su casa, se entremezclaba con contratos varios de inmuebles, facturas y libidinosas citas de mujeres tan cachondas, como desgraciadas. Nunca reparó en las capacidades artísticas de su hija. Demasiado ocupado en huir de la realidad, para disfrutar del pequeño placer que proporciona un hijo, más si hablamos de una persona como Martha. El esfuerzo de la pequeña niña, se antojaba vano, por la desastrosa inocuidad del padre. Lo más probable es que Ian jamás leyera el poema o si así lo hizo parece claro que no le prestó la menor atención.

Por otro lado, la madre de Martha se encargó de llevarla a los mejores colegios, vestirla con las ropas más caras, mezclarla con niñas anglosajonas de la zona más pudiente.

Martha destacaba definitivamente sobre todos el conjunto. Era inquieta, dulce, intensa, traía de cabeza a las profesoras que en realidad la admiraban. Gustaba a la gente, salubre y perspicaz, esa pequeña chica de coletas que parecía físicamente menor, era con toda seguridad mayor intelectualmente que sus compañeros. Poseía gran capacidad de liderato entre sus compañeros, puertas afuera parecía la más fuerte. Todas estas pequeñas cosas juntas, la actitud de sus padres, el sentirse incomprendida en el colegio, la estaban mellando poco a poco y traumatizando al llegar a su adolescencia.

Por ello, una tarde llegó a casa, se encontraba sola, su madre había ido de compras, su padre estaba trabajando. En el colegio había tenido una discusión hercúlea con una profesora. Ella la insultó, ni siquiera nadie puede recordar el principio de la disputa. El caso es que a pesar de que Martha podía pasar más por irlandesa que por mejicana, todos sabían en el colegio su procedencia hispana, con lo que la profesora la contestó diciéndole que se callara y que se había creído si era una hija de mejicana. Esto llegó a oídos del director, el cual decidió reunir a las dos con prontitud.

Obviamente la bronca la calló a la pequeña, siendo la profesora tan hipócrita que negó haberla humillado por su procedencia materna. No hubo nadie en clase que se atreviera a corroborar la versión de Martha. El director no tenía ninguna duda de abrir a la profesora un expediente si era verdad que hubiera insultado a la niña. Hundida, pidió permiso para irse a casa, el director pareció comprender la situación, se compadeció. Cuando se encontraban los dos en el despacho solos la acarició muy tiernamente en la cara; Martha no estuvo muy segura de la afección de su director, entonces se asustó un poco más si cabe, quizás sin motivo... cuando alguien ve todo mal, todo parece nocivo. El caso es que aquello la deprimió aún más. Empezaba a ver el egoísmo y la cobardía de las personas mayores, cada vez encontraba menos sentido a este mundo.

Llegó a casa buscando a su madre. El que no hubiera nadie la hizo aumentar la desazón, la chica del servicio debía estar en su habitación durmiendo la siesta. Se sentía muy mal. No encontraba sentido a lo que había pasado. No entendía nada ni a nadie, no quería seguir, no deseaba vivir en este mundo macabro, tan mal hecho; se sentía tan distinta, tan diferente a los demás que no quería saber nada de nadie. Iba a acabar con todo; entre lágrimas lloros y depresiones, parecía tenerlo claro, muchas veces había tenido deseos de suicidarse, pero esta vez tenía claro que debía materializarse. Se dirigió al baño de sus padres, se cerró con el pestillo, cogió la maquinilla de su desgraciado padre, llenó la bañera a la vez que empezó a desvestirse. Aquel menudo cuerpo de catorce años, que tan solo empezaba a ser el de una mujer, aquella niña que sólo había necesitado catorce años para darse cuenta la desesperación a la que había llegado, se introdujo en la bañera, se abrió las venas de sus dos muñecas; craso error de un mal momento. Enseguida se sintió débil, cerró los ojos que llegaban a rojos de llorar; mientras el agua de la bañera empezaba a teñirse del rojo de la pasión, del ímpetu de la creatividad, de una chica demasiado astuta para su mundo tan falso como egoísta, ella tan sólo había querido más cariño, más comprensión.

No parece muy claro que la pequeña Martha quisiera acabar con su vida, por el contrario deseaba llamar la atención de una forma casi definitiva. Podría haber sido más un ritual sacrílego en el baño de su papá, fue este la que le vio. Era viernes y siempre iba a casa después de comer, también lo sabía ella. Entró en casa, lo primero que hizo fue dirigirse al baño, en cuanto vio la puerta cerrada, pareció, por intuición, imaginarse algo, echó la puerta abajo con una violencia inusitada. La situación no puede resultar más dantesca para un padre. Era su niña adolescente, totalmente desnuda en un baño de agua ensangrentada. No era posible, reaccionó con sorprendente rapidez, cogió una toallas las desgarró y ató fuertemente las muñecas de su hija, consiguió cortar la hemorragia. Luego se hizo con una toalla mayor, y la cubrió después de sacarla del agua.

Bajó con Martha rápidamente las escaleras del lujoso chalé.. Ella, que se encontraba sin conocimiento, la metió en el coche para llevarla con la mayor premisa al hospital.

Martha recobró el sentido enseguida puesto que su padre había llegado en menos de media hora desde que la niña se hubiera realizado su particular 'harakiri'. Había conseguido que su padre se diera cuenta que existía. Demostró a su padre que él la quería.

El sufrimiento de su padre fue tremendo, pero demasiado tarde para que Martha pudiera confiar en él. Le quería pero no le admiraba, y a pesar de los intentos de él, nunca pudo recuperar a su hija, para él Martha había muerto mucho antes en el olvido de que tuviera una hija.

Su padre tuvo que ver la desgracia, para entender. A pesar de hacer intentos vanos de acercarse a su hija, esfuerzos por entenderla, la brecha era insoldable. Al menos, se dio cuenta que quería a su hija más que a su propia vida.

La vida nunca fue ya igual en aquella casa. Todo parecía extraño, padre y madre se echaron la culpa de todo, se sintieron miserables por ello. Desde ese momento consintieron todo a la hija para que no se pudiera sentir infeliz por nada.

Mis padres empezaron a discutir a todas horas. La casa era de locos. Mi madre no sabía como entenderme, mi padre estaba más perdido que nadie. Era un pobre hombre, en el fondo, tras su aparente poder, una persona floja. Muchas veces le veía llorar; no me sentía culpable, creo que lloraba por lo desgraciado de su existir. Había vivido basándose en engaño, y tuvo la oportunidad con mamá, de resurgir, cambiar de vida. No quiso o no pudo, por ello ahora la conciencia le remordía. Mi intento de suicidio le hizo darse cuenta por qué trabajar tanto si hacia desgraciada a su familia; pero a pesar de ello no supo o no pudo apenas cambiar.

Mientras Martha, decidió suplir su vida, para no querer morir de nuevo. Quiso dejar de estudiar. Por ello, con tan sólo dieciséis años huyó de casa para empezar a vivir a una comuna que había en el barrio de Oaklan a las afueras de San Francisco, cuando apenas empezaban a formarse, y el movimiento hippie no existía todavía como una fornida realidad popular. Desde el intento de suicidio hasta los dieciséis años su vida había transcurrido sin ninguna complicación, pero también de forma anodina. El dejar su casa era algo de lo que llevaba tiempo pensando. Sin embargo, ella, de los catorce años a los dieciséis años había cambiado muchísimo.

Cantábamos, bailábamos, realizábamos trabajos manuales, hablábamos sobre el sentido de la vida. Eternas charlas sobre el mañana de la humanidad. Lo inútil de la guerra, la lucha pacífica. Sentíamos la imposibilidad de llevar nuestras ideas a un plano superior, la dificultad de vivir en el entorno creado. Todo parecía muy hermoso, no obstante, llegué a ver peleas, discusiones que si no era por intervenciones de los más serenos, hubieran degenerado en la odiada violencia. ¿Cómo podíamos llevar al resto nuestro mensaje si la convivencia de unos pocos se hacía por momentos por imposible?

Fumábamos drogas, hacíamos el amor, pero no consistía en acostarse con todos los que les decías que le querías y le regalabas una flor. Seleccionábamos, la única diferencia se basaba en el respeto motivado por la sinceridad. Muchos se convertían en pareja. Yo no tuve ninguna, tan sólo me enrollé con uno, poco más. Era todavía muy joven, con lo que meditaba todo en exceso, para acostarme con alguien se antojaba necesario el quererle, además, por otro lado, y sobre todo me tenía que inspirar confianza suficiente, cosa que era harto difícil. Por ello en la comuna di más que un disgusto y más de una decepción entre los chicos, bueno y alguna chica también. Debía ser la única que no me acosté con otra persona, aunque también es cierto que era la más joven.

Cuantos recuerdos fantásticos de un momento irrepetible. Yo creo que nunca nos aburríamos. Se vivía con tan poco apego material. La música parecía nuestro mayor entretenimiento. En la comuna conocí y conviví con los chicos que formarán la banda que creamos después. Tan buena gente en apariencia como mediocres músicos.

Pero me cansé, como se dice fue bonito mientras duró, enriquecedor, a veces rozando lo sublime, a veces rayando el propio teatro de crear personajes de nosotros. Cuando ya no quedaba esencia para ser realmente hippie, nos inventábamos el serlo. Quizá esto sucedió demasiado pronto.

Cantidad de personas atraídas por nuestra forma de vida se acercaban, sin embargo, no gozaban de nuestro espíritu. Masificación equivalente a desnaturalización. Marchas de masas sin sentido, todas con esos vestidos, pensando que enseñar una teta podía significar liberación.

La vida me ha dejado suficientes cadáveres para no creer en demasiadas personas de verdad. He tenido y todavía poseo un corazón crecido, pero he sentido la turbación de amar, he negado la evidencia del afecto más natural, he querido especular con que todo era un impulso sexual, una necesidad humana, un desahogo. En este momento después de tanto tiempo, después de tantos recuerdos, pienso en el amor que no he podido asumir, en el cariño que he negado, en los brazos que me han acariciado en sueños, en él. Cuantas veces te he tenido presente.

Lo que, desde luego, no tenía futuro era la banda. En un momento musical tan dulce en San Francisco, donde sólo salían los mejores. Enseguida me percaté, intenté ser parte de los Airline para buscar miras más altas, con toda certeza yo valía más que el resto del grupo pero tampoco me creía gran cosa.

Dábamos conciertos, nos contrataban porque yo era lo suficientemente llamativa como para que la gente mantuviera la atención en los garitos, que al fin y al cabo eran de nuestros colegas. Ganábamos el suficiente dinero como para vivir.

Después de dejar la comuna, seguí con el grupo pero me fui a vivir a la zona "caliente" de Haigh Ashbury. Era vecina de la gran Janis, la quería un montón. Ella conmigo era como una madre, siempre me daba consejos, mientras su vida sentimental era un desastre. Sin duda otra niña llena de traumas. Sus relaciones con los hombres eran totalmente desenfrenadas. Creo que se acostaba con algunos, para no creerse tan horrible como se creía. Cierto, que había mucha niña guapa y joven en el grupo, no obstante, la fea tejana, acumulaba bastantes seguidores, y no sólo por sus sergas de promiscuidad.

Gracias a Dios me di cuenta de mi mediocridad musical, un poco antes de escuchar tocar a James y David. Si, en ese momento me hubiera creído algo, mi hundimiento hubiera sido terrible. Después de ellos, no he escuchado nada igual. Por separado eran magníficos, juntos los mejores. No sólo los quise, sino que, además, los admiraba profundamente.

Pienso mucho en ti, James, quizá no te lo creas, pero te añoro, echo de menos aquella época en la que estuvimos juntos. Nos veíamos continuamente para hablar, para consolarnos mutuamente, para demostrar lo que le echábamos de menos. Al principio guardábamos el suficiente respeto a David, ninguno nos atrevíamos a dar el primer paso, nunca nos veíamos, tan sólo nos llamábamos por teléfono. Poco a poco y cada vez hablábamos menos de él, para hablar de nosotros. Eras encantador, culto y, además, muy divertido. A diferencia de David, llevabas la voz cantante.

Fue a partir del encuentro en el concierto de los Airline cuando no nos dejamos ningún día sin vernos. Cada vez que quedábamos, sabías llevarme a algún sitio distinto. Yo me negaba a enamorarme puesto que no quería que me abandonaras, me causaba pavor que pudiera pasar ciertas cosas como el saber que olvidaras uno de mis poemas entre tus papeles, me agobiaba el pensar que te murieras en un accidente de tráfico. Mis dos grandes hombres anteriores me habían abandonado.

No quería quererme, no quería amar este mundo tan ridículo, que me había hecho sufrir sobre todo cuando menos me lo esperaba y de forma nada pasible. Cuando eres una niña y te sientes desgraciada. Cuando te haces adolescente e intentas suicidarte, huyes de casa porque no los aguantas, discusiones, sin sabores. Escapas de las relaciones con hombres, porque no les entiendes; egoístas, insensibles, muchos verdaderos animales, Te escabulles de una misma, por que no te tienes ningún aprecio, porque te arrepientes de lo que has hecho además de que no encuentras tu sitio en este mundo... De veras no quería.

Me sentía aterrorizada en pesar de que te habías convertido en una persona ideal para mí. Siempre atenta conmigo, me dabas todo lo que quería En los momentos que te hacia sufrir, se te notaba el inmenso dolor que te producía, te sobreponías y volvías a sonreírme, a darme un regalo, a ayudarme en algo, lo suficiente para que no te pudiera dejar. Yo cada vez que pensaba que pudiera estar enamorándome, te soltaba una bordería, te mandaba a tomar por culo con lo que me metía en mi caparazón de tortuga miedosa. Extraña situación la del propio sufrimiento que me infligía con mis actos negativos hacia ti. James, con toda seguridad, me sentía demasiado tierna para dejarme devorar por un mundo que no deseaba; un mundo carnívoro para los que aparentaban debilidad.

De niña me resigné por la debilidad y me supuso un dolor tan intenso que deseé la muerte. Había madurado lo suficiente, al menos ya, para no esforzarme en intentar entender esta vida.

También te temía a ti. No me llegaba a creer que fueras como yo, no podías ser tan perceptivo. Muchas veces pensaba que te comportabas de esa forma porque así te podías acostar conmigo. Aparentabas una forma de ser ficticia. Ese desprendimiento no podía ser real o desinteresado.

No podía remediar que aquella apreciación me diera vueltas en mi cabeza, no quería pensarlo pero la desconfianza era innata en mí. Parecías disfrutar mucho, me deseabas demasiado para poder quererme.

Yo, todo lo contrario, no considero primordial la relación sexual, la situaba como complemento de una relación de amor con amistad. Y sin embargo, traicionaba mi ideal. Tú ¿Realmente pensabas lo mismo que yo? Pensé estar equivocada cuando te vi enloquecer; He notado el dolor en tus ojos. Entonces llegué a apreciar que me debiste querer mucho para enfermar de esa forma. No sé si alguna vez lo podré saber, porque me odias. Lógico fui, una verdadera puta, con cabeza de niña y sentimientos de demonio.

El despecho

Martha, eres única, no me importa la música, he perdido el interés por mi familia, ni siquiera me tomo tan en serio como a ti. Ojala no te hubiera conocido nunca, para seguir viviendo con tranquilidad, para quitarme el desasosiego que me produce los momentos que no tengo tu presencia, el pavor de pensar que algún día no estarás conmigo, la angustia de saber que no hay eternidad, el miedo de esperar una de tus peores venganzas. Ansío tu mirada, quiero tus gestos, amo tus movimientos, acaricio el halo que dejas a tu paso, beso los objetos que tocas, contemplo tu rostro eterno, me gusta mirar cualquier parte de tu cuerpo durante todo el tiempo que sea necesario. Me vuelves loco y nunca hubiera podido recapacitar que esto iba a suceder.

El otro día mientras dormías posaste tu exquisita mano sobre mi pecho, durante un largo tiempo estuve mirando tus nudillos, contando las arruguillas que estos forman en tu piel, acariciando una por una lentamente con mi mano. Tienes los nudillos menudos, sonrosados, poco salientes, parecen incapaces de sujetar tus dedos. Nudillos tan ágiles como delicados, ¿Te habías dado cuenta alguna vez que son maravillosos? Cada día descubría algo nuevo en ti que me llevaba a meditar; contemplarte era un sueño hecho realidad, dentro de un mundo en el que nos esforzábamos por estar ciegos. Negar todo lo que vemos...

Cuantas veces he pensado que no se constituye en real, que lo que está pasando es un sueño del que todavía no me he despertado. Cuantas veces he pensado, y pensado en nosotros. En mí ya se dibuja el futuro con tu nombre. Nos complementamos, nos entendemos, hablamos. Estoy pasando los mejores momentos de mi vida, realmente me encuentro en mi mejor momento. Me siento bien, feliz, contento por amarte.

(...)

¿James, cómo podría haberte tomado en serio? No me parecía en ningún caso creíble el que pudieras dedicar tanto tiempo a mí, ¿sólo por amor? Si hubiera abierto un poco más mi mente, sólo en ese caso, podría haberme dado cuenta que sí parecía posible. En aquel momento no tomaba tus detalles, locuras y atenciones en serio. En ti destacaba todo, pues sabías tratarme como nadie me había tratado. Siempre me dejabas hablar a mi primero. Pasaban noches enteras sin que hubieras contado nada de ti mismo, tan sólo me habías escuchado, cuando hablabas era tan sólo para ayudarme, aconsejarme, afirmarme o negar mis pensamientos. Jamás intentabas desviar la conversación a otro tema que no fuera el que yo quisiera conversar, tan sólo en caso de que yo te preguntara. No me ha vuelto a ocurrir, sin duda me lleva a pensar.

Cuando estábamos juntos, continuamente deseaba verte, me incitabas a hablarte, me llevabas a besarte. La felicidad me invadía, hasta que decidía echar un paso atrás. Mi maldita falta de confianza me acarreaba el negar mis deseos. Sin embargo, ibas siempre para delante, sincero, demasiado legal conmigo, descomunalmente distinto para pretender que lo que estaba sucediendo fuera real.

Han tenido que pasar más de 10 años, he tenido que vivir miles de situaciones, para cerciorarme que mi amor lo conocí de joven, que me amabas tan locamente, que te llevó a un manicomio. Que he vivido de una forma insulsa por no estar contigo. Por no esforzarme en creerte.

Han tenido que pasar más de 10 años para saber que tú has sido el amor de mi vida, el único y verdadero.

Una vez creí que me habías fallado, no obstante parecía más bien que quería una excusa para echarlo todo a pique, para fastidiarla, en ningún caso intencionadamente, pero creo que mi mente mantenía el recuerdo infantil de la soledad, el trauma de una niñez infeliz.

Sucedió una tarde. Otra tarde que habíamos quedado como una más. Para aquella cita decidí unilateralmente que sería distinta, no me comportaría a la defensiva, me iba a dejar amar, me propuse el intentar amar sin recelar. Si repaso aquel día lo veo muy nítido, toda la tarde arreglándome puesto que quería estar más guapa que nunca. Te compré una guitarra eléctrica un modelo que había salido nuevo aquella semana, me costó un ojo de la cara, pero no importaba quería darte todo lo mejor de mí, sin situaciones tensas, sin tapujos, por primera vez iba a desnudar mi mente a un hombre. Quería que esa tarde sólo hablases tú, yo te escucharía. Esperaba tantas cosas...

Me llamaste por teléfono. Me comentaste que habías decidido quedarte en el estudio tocando con un cantante que había venido desde Florida, puesto que se iba a ir al día siguiente, querías grabar un par de canciones. No quiero mencionar su nombre, para que nunca se sienta culpable. Pero la realidad es que ese jodido cantante, motivó la mayor de las depresiones de una chica medio mexicana, medio americana, demasiado astuta, y lo suficientemente bonita para ser feliz como no sentirse la persona más vulnerable del mundo. Intenté persuadirte, pero para ti esa noche tocar con él era más importante.

Me metí en la cabeza que me había fallado, que debería haber intuido que aquella noche sería especial. No me di cuenta que él no tenía porque saber que para mi aquel día iba a ser distinto. Simulaba querer buscar el error para que como una niña que tan sólo maduraba una venganza para aprovechar mi oportunidad de sentirme eternamente incomprendida; no quería creerte y si me dabas el mínimo atisbo de fallo, lo tomaba como prueba que no confiaba en nada, no me apoyaba en nadie. Así fue. Llamé a un conocido tuyo para quedar. Le había notado a aquel arrogante de más de seis pies, rubio y cachas, un especial interés por mí. Por dentro se encontraba vacío, cuando hablaba podías apreciar lo tonto que era. No creo siquiera que tú le tuvieras mucho aprecio, trabajaba en el estudio contigo, por eso alguna vez coincidíamos con él. Yo ahora había recordado maliciosamente como James alguna vez me había comentado que no le gustaba como ese tío me miraba. De hecho, es cierto que me sonreía mucho, y buscaba en muchas ocasiones el contacto físico conmigo. Iba a ser el anzuelo perfecto, no me iba a costar nada consumar el acto con premeditación y alevosía. Cogí el listín de James donde aparecía el teléfono del instrumento de la venganza. El muy cabrón aceptó al instante, sin dudarlo. Todavía me pregunto como pude ser tan infantil.

Tardaría una hora en llegar, en la espera no me sentía mal, en realidad, no reparaba en nada, como si me hubiera drogado con el sabor de la venganza. Creo que estaba fuera de mí, que egoístas somos cuando podemos hacer tanto daño por que nuestro amor nos falla. En North Beach, estaba atardeciendo. El sol empezaba a ocultarse en el fondo del piélago. Había sido un día caluroso pero ahora corría un aire de solano, que lo hacía todo más saludable. En el paseo marítimo observaba detenidamente a todos los que allí pasaban. Vi una pareja de adolescentes, apenas tendrían dieciséis años, iban agarrados de la mano, parecían tan felices. Más tarde o más temprano terminarían echándose los trastos en la cabeza, pensé. El marullo de las olas del mar, sin embargo, estaban movidas, crecidas y rabiosas. Parecían, con su fuerza, querer inundar la tierra.

Me tomé un pastel con marihuana para pasar mejor el momento, pues me empezaba a arrepentir, por momentos pensé en llamar a aquel tipo para que no viniera, pero no lo hice.

Apenas había pasado una hora cuando llegó el tipo, señuelo de mi pecado, parecía nervioso, como si no se lo creyera. Debía sentirse muy afortunado, yo era muy bonita, pero ante todo y sobre todo me convertía en muy deseable, tremendamente resultona ante los hombres. Mezcla de niña y mujer, carácter y delicadeza.

Cuando llegó a casa el muy arrogante ya se imaginaba que tenía cama asegurada, por lo que tuvo la suspicacia de no hacer demasiadas preguntas. Tan sólo se interesó por donde te encontrabas, cuando regresarías, le mentí y contesté que te encontrabas fuera de la ciudad, que no había motivo para preocuparse que se relajara.

Allí nos pillaste a los dos. Podía haber sido que hubieras ido a tomar unas copas después de los ensayos, pero no lo hiciste, con lo que me salió la jugada cruelmente perfecta. Abriste con tus llaves sin llamar, traías en tu mano una cinta para escuchar lo que habías grabado en le magnetófono con aquel rubio cantante, debías sentirte muy orgulloso y querías que lo escuchara para que te diera mi opinión.

- Martha, ya estoy aquí, ¿Dónde estás? ¿Es que te has acostado?, mira quiero que escuches algo...

Te escuché como te acercabas, el tipo que estaba conmigo desde que oyó la puerta se había quedado paralizado sin moverse, sin decir palabra sin buscar soluciones.

En ese momento me arrepentí de todo lo que había hecho, deseaba que James no entrara en mi habitación. Pero, lógicamente, entraste para encontrarte con una imagen patética por mi parte. Recuerdo tu cara, no reaccionaba, no era de dolor, no parecía de odio, de venganza, de indiferencia, de consternación. No, tan sólo indefinida, absolutamente y totalmente gesticulada. Había llegado al límite de la maldad absoluta, eso provocó que algo saltara en la cabeza de James. Debió pensar que amaba a un diablo súcubo, por eso desde ese momento prefirió imaginarse en su propio mundo que se encontraba junto a mí, a estarlo en éste.

Su aspecto, me dejó marcada, nunca lo podrá olvidar. Que poco decía de mí, de mi actitud, cada vez me odiaba más. Yo sufría en demasía pensando el daño que provocaba. Me sentía una verdadera bruja, estaba totalmente arrepentida, no me podía creer que lo hubiera consumado. Nunca me lo perdonaré con lo que todavía me siento responsable de destrozar dos vidas, la tuya y la mía. Me preguntaba cómo había sido tan idiota, una niña consentida descerebrada. Esta vez no contaba apenas con fuerzas ni para suicidarme. Dios mío, ¿por qué lo hice? Deseaba que nunca hubiera empezado. Vivía atormentada con el sentido de culpabilidad, bastante lógico, por mi actuación.

James se largó de inmediato sin mediar palabra. ; Detrás el gárrulo que le eché a continuación, y que no entendía nada. Ese chico se encontraba atemorizado, tan sólo me decía cuando se estaba vistiendo que si no le había dicho que James se encontraba fuera. Miré el cuerpo del pecado, y me sentí muy deprimida y arrepentida, lo único que le dije gritando:

- ¡Fuera!

La guitarra estaba en una esquina de la habitación, James ni la había visto. Empecé a llorar, durante toda la noche no paré, al día siguiente intenté llamar a James pero en su casa no contestaba, llamé también llamé a casa de sus padres, allí no estaba. Creímos que se había ido fuera, pero a los tres días de no saber nada, su padre entró en su casa y allí se lo encontró. Nunca nadie me dijo en qué estado.

La educación

Ray Y Liz sólo tuvieron un hijo. Más artista que cerebral. El genio, muy a menudo, se convierte en poco inteligente depresivo e indolente ante este mundo, demasiado sensible para ser feliz.

Físicamente a James se podían ver pocos rasgos comunes con Ray, exceptuando su tez marrón y un cuerpo fibroso más propio de la raza negra.

Aquel niño nació a los siete meses de embarazo, creció en sus tempranos años llenos de problemas, enfermedades y debilidad. Fue a partir de los tres años cuando pareció decir basta, no volvió a sufrir ningún tipo de problema físico, como mucho, algún que otro descuidado catarro. Pero su personalidad parecía demasiado endeble a las verdaderas patologías del ser humano, como la envidia, el desamor, los celos...

Con tan sólo dos años padeció la polio, lo que le llevó a pasarse en la cama durante ese tiempo. Época artística de gran provecho debido a que aprendió a Leer música, además, con una asombrosa facilidad. Se tiraba horas con la armónica tocando canciones de 'dizzie'. De aquel año guarda el recuerdo de su niñera Angie, cuidándole todos los días, dándole la medicina, cambiándole las sabanas, besándole en la frente, abrasada por la terrible fiebre. Los cuidados de su madre eran mucho más escasos. Se encontraba ocupada en su maravillosa carrera de actriz para ocuparse de un hijo, que al fin y al cabo no creía que necesitara cuidados porque era un superdotado.

Angie parecía su madre, su hermana, su novia. Aquella persona le creó una imagen idealizada de la mujer... porque era la persona que siempre estaba allí cuidándole en la enfermedad. Es algo que siempre quiso buscar en las mujeres, y no encontró en Martha. Porque Martha era todo eso, pero humana, con fallos y problemas. Traumas inesperados de los que James se vio incapacitado de descubrir, menos aún de llevar y tratar. Soportaba un molde formado, pero debía de cambiarlo con los años, con la experiencia. James no volvió a ver a Angie, que al poco tiempo se fue de la ciudad y la perdió el rastro.

El padre de James parecía dotado de una potente personalidad, de tremenda autonomía. Sólo trabajaba en equipo con su banda. Si él y Liz se soportaban en los años de juventud era por que se veían poco, se daban mucha libertad. Sin embargo, fueron en los días de vino y rosas, cuando Ray demostró su verdadero cariño por Elizabeth, un amor que siempre había tenido. Dedicaba muchas horas al día para recuperar a una mujer que había perdido, la que parecía haber abandonado. Parece mentira que después de aparentar que ignora a su mujer luego se volcara de aquella manera. Pero Ray se transformaba en una persona nueva que cambiaba cuando en su familia se cernía algún problema. Se crecía, asumía el papel de líder ante la adversidad. Pasó cinco años cuidando a su hijo paranoico, o poco después, casi a continuación, a su mujer alcohólica, incluso a riesgo de arruinar una notable carrera profesional.

Si el padre de James todavía no se ha convertido un mito se debe a que todavía no ha llegado a la conciencia de su música olvidada, pues sigue activo y muy lejana parece todavía el recordarle como el genio que es.

A pesar de todo ello y quizá también por este motivo, Ray tiene una de las creaciones más prolíficas dentro del mundo de la música Jazz. Innumerables son sus premios, además de reconocimientos y ahora homenajes. Situación que le ha permitido viajar por todo el mundo, acudiendo en multitud de ocasiones a festivales, giras y conciertos. Ha publicado más de treinta discos, algunas de sus composiciones son verdaderos clásicos de la música universal.

El músico con ochenta años todavía tuvo fuerzas para emprender su última gira 'Big band'. La ya muy conocida Ray j. Martin Y su banda que son así como se hacen llamar. Pasados muchos años que murió su mujer, a pesar de todo, él la siguió recordando, en la soledad de la noche, en las notas sentidas de su virtuosa trompeta. Rememora aquellos años más felices, sin duda alguna los últimos, cuando dejó el alcohol, y ella empezó a ser la intérprete que todos habían esperado ver. La muerte hace olvidar los defectos con fastuosa sencillez, sobre todo puede hacer concienciarse del amor. Pues Ray quería con locura a Liz. Ella le quería a él ni más ni menos, porque el que ama sabe que este sentimiento no tiene escalas, ni medidas.

La mayoría de las veces no supieron, no quisieron, no pudieron demostrarlo sobre todo porque si algo tenían en común es que vivían muy independientes y por ello contaban con poco tiempo de dependencia mutua. Aunque resultaba difícil verlos juntos, la intensidad de aquellos momentos justificaba la razón de la lejanía. Cuando conseguían estar inmediatos, no demostraban hacía los demás demasiada complicidad, no daban sensación de unión y cordialidad; Ni falta que le hacía exteriorizar algo tan interno. Mantenían con tremenda facilidad lo que, puertas afuera, pudiera parecer independencia e incluso frialdad. Pero si algo era cierto, es que se querían y vivieron demasiadas sensaciones juntos para que el mantenerse unidos tan sólo significara una muestra de conformismo o costumbre.

James optó por el camino de su padre. Curiosamente, considerándolo un sacrilegio o pudorosa realidad, James y Ray nunca han tocado juntos desde que James llegó a la mayoría de edad.

Demasiado cercanos como para compartir algo tan profundo. Situación muy tensa, nervios muy naturales, sensación de no demostrar ser lo suficientemente bueno, complejo ante el maestro... James lo consideraba como una relación contra natura.

A Ray le consta que su hijo ha puesto discos suyos. Y ha tocado por encima con su guitarra, maravillosa y virtuosa guitarra. Sabe que el chico ostenta la capacidad de frasear con suma facilidad, lo que a él le había costado Dios y ayuda, pero cuando intentaron tocar juntos, James se bloqueaba. Una vez que lo intentó, no era capaz de poner los dedos en su sitio. Sudaba, sus manos estaban rígidas, le faltaban sensaciones, sentir lo que estaba tocando dejarse llevar, Ray tuvo que decirle que lo dejara para no continuar con el martirio que le estaba suponiendo. Ray lo puedo comprender pero tiene el gusto amargo de saber que no podrán compartir escenario tocando juntos. James estaba más preocupado por lo que le pueda decir su padre que tocar y dejarse llevar como tan bien sabe hacer.

Cuando era niño, se empapaba de sus conocimientos, los aprendía con suma facilidad James se considera un muy buen músico, con cierta fama, prestigio y ha logrado buenas composiciones, sin embargo, ante su hijo siempre declaró que se tenía que quitar el sombrero. Ray declaraba que su inconsistencia, sus problemas, la propia cualidad de un genio, le ha impedido tener una carrera más sólida. Sus composiciones de rock que ha realizado para otros durante los setenta son de lo mejor que se ha escuchado.

Ahora, James ha realizado una autentica obra maestra dedicada a su amor, posee el virtuosismo de un gran instrumentista, la calidad de un músico, la creación de un artista. Ray no duda que su hijo nació superdotado para la música, durante su poliomielitis, fue capaz de aprender a tocar la armónica que le regaló, escuchaba discos de jazz y pronto era capaz de sacar melodías sencillas con una destreza asombrosa. Casi no hablaba pero entendía ya lo que era una escala musical. Si el panorama de los ochenta no fuera tan paupérrimo y comercial, la creación de James habría tenido mucha resonancia. Aunque ha ganado multitud de premios, además, elogios de la crítica y eso que no ha tenido una campaña comercial que le acompañe.

Ray está contento porque sabe que al menos le ha servido para volver con Martha. Esa dulce niña, que he tenido como hija, aquellos primeros meses de locura de James. ¡Cuánto sufrimiento!, ¡Cuánto sentimiento!

El disco había vendido poco en Estados Unidos, cosechando más grandes aplausos en Europa y Japón, lugares donde recibió multitud de premios y menciones.

La realidad es que James sentía un profundo respecto a su padre. Le admiraba, por ello quizá se sentía demasiado presionado por él. La razón parecía sencilla, Ray, fue muy estricto con James, lo que le llevó, principalmente, a dos resultados, uno que dejara el hogar paterno muy pronto, otro que floreciera el genio musical de su hijo. Quizá, si no fuera por eso se hubiera dedicado a jugar al béisbol, O ser un abogado matrimanionalista de grandes triunfos, pero ese no era el don que Dios le había dado.

Es que desde muy niño, los regalos que Ray hacía a su hijo eran discos, partituras, instrumentos musicales; le llevaba a conciertos de Jazz. Le llevaba a todos los sitios, e incluso viajó a alguna gira.

Ray seguía un método muy escrupuloso. Le exigía siempre más, a pesar de tratarse su hijo único o por eso mismo. Para aprender de música, jamás le parecía suficiente. Le gritaba si perdía algún compás con la batería, si en su sólo de guitarra sonaba una nota desafinada; pero lo increíble es que James disfrutaba con la música a pesar de la posible dureza de su padre. Parecía estarle agradecido por el grado de exacción que se le estaba infligiendo en sus enseñanzas. Se convirtió en alguien muy prólijo.

James no se revelaba al método de su padre, todo lo contrario, él quería más, era el primero que deseaba saber todo sobre el Jazz o sobre la música en general.

En todo este tema poco entraba a escena la figura de su madre. Seguramente para James poco significaba ella, casi siempre ausente. Liz se sentía desplazada con su hijo, e intentaba persuadirle de tanta música, consideraba que estaban chiflados, que aquella obsesión le iba a hacer perder el juicio. Con su insistencia tan sólo conseguía alejarse todavía más del pequeño. Provocaba que James la considerara como una traba a su desarrollo musical, y agravaba la mala situación madre e hijo. James no fue demasiado justo y comprensivo con su madre siendo tan distante, la ignoraba, no la consideraba para ningún plan, ni acudía a ella con alguna contrariedad. Ella notó, lo irremediable de la situación; su hijo parecía enamorado de la música y por ello era más cercano a su padre.

Cuando James se trastornó, Ray se sintió culpable. Pensaba que él se debía personar como parte responsable de que su hijo no tuviera miedo al fracaso, creyera en el amor único, que mereciera la pena dejarlo todo por ello. En la música le había enseñado que para él no iba a existir el desengaño, parecía poder extrapolarlo a los demás aspectos de la vida. Craso error, aquella simplificación de la vida de las películas de Walt Disney, pero nunca sale la segunda parte; la del sufrimiento por no ser correspondido. El dolor de que la persona que amas te trate mal, la angustia de hacer sufrir aquella persona. El deseo de leerla los pensamientos. Los celos de una sonrisa gratuita a otro hombre, asquerosamente guapo, membrudo y alto, el marramao de un gato en celo.

Ray no puede dejar de especular que hubiera sido más práctico en aleccionarle, de cómo superar los problemas, como acostumbrarte a vivir en un mundo nada perfecto, como huir de lo que le molesta. Dicotomía eterna sobre lo real o lo ideal. ¿Cuándo ha sido James más desgraciado, sufría más estando loco? Infinitas preguntas sin contestación cuando ni siquiera estas seguro de la pregunta. En otro orden de cosas, a lo mejor aunque Ray hubiera querido no habría podido educarle de otra forma.

Desde luego el aprendizaje no había sido de lo más ortodoxo, tocando todas las noches en aquel club...

Ray aún se sonríe cuando le llevo con dieciocho años a la calle 42, en búsqueda de una prostituta, para encontrar la forma de que su hijo perdiera la virginidad. Había decidido que ya era un buen momento para "estrenarse".

Toda ciudad se tiñe de un color especial al llegar la noche, aquellos lugares de búsqueda de compañía no comprometida, tiene un aroma especial. El aroma de los deseos no cumplidos, de las esperanzas no realizadas. El perfume del pecado fácil, excusable, perdonable, comprensible. La brisa de lo desconocido la búsqueda como un juego. Los prolegómenos como ceremonia. El acto como sacrificio.

La calle 42 era un secreto a voces. Aquel lugar parecía tener siempre el dorondón de humo de los cigarros de las chicas. Siempre maravillosas, dispuestas a dar amor por dinero, a proporcionar compañía por bienestar, a enseñar experiencia por comodidad. Grandes, muy grandes, pequeñas, ninfas inocentes, medusas dispuestas a envenenarte, náyades, estatuas y muñecas. Vestidos que parecían de otra época, erotismo en quince minutos. Siempre preparadas, siempre apetecibles; aunque lo sabías te engañaban para hacer parecer a uno como señero.

Aquella noche el suelo se había mojado de una imperceptible y continua lluvia que refrescaba el ambiente siempre sofocante. Los paraguas les daban un aspecto aún más victoriano.

Para Ray significaba todo un evento el iniciar a su hijo en el sexo. Le daba mucha importancia a esta ceremonia, como su padre había hecho con él, y Ray se esforzaba para ser más pedagogo que un padre. Cogieron el coche al terminar el concierto del día, en otro iba el resto de la banda. A Ray se le dibujaba una permanente sonrisa durante el trayecto, iba despacio, moviendo con suavidad el coche, disfrutando del momento.

James, sin embargo, se encontraba bastante perdido, no entendía mucho la situación y después de dudar bastante le preguntó a su padre que donde iban.

Es una sorpresa hijo, para celebrar tu cumpleaños.

James, pensó que irían a algún sitio a tomar algo, a una zona para él desconocida o algo así.

Al llegar, Ray empezó a hablarle, más bien a aleccionarle, con lo que iba a pasar. James se sentía bastante cortado, le producía rubor escuchar a su padre hablar de esa forma. No quiso seguir con ello cuando se dio cuenta de a donde se dirigían pues ya estaban doblando la esquina de la calle del olvido, con gesto estulto y hablar nervioso interrumpió a su padre:

- Papa, a este sitio ya me ha llevado el batería de tu banda, hace ya casi dos años. Además, te acuerdas de la camarera ninfómana que estuvo trabajando en el club, bueno, pues yo también... en fin que tuve la oportunidad. Ya no soy un niño, en fin, probé su cuerpo.

En ese momento se calló, viendo la sinceridad con la que estaba hablando a esa persona que al fin y al cabo era su padre, cambió de registro para continuare explicándose:

- Bueno creo que estoy siendo demasiado sincero contigo, me siento muy violento. Preferiría que diéramos la vuelta, me da vergüenza estar aquí contigo.

Ray se sintió especialmente sorprendido con el comentario de su hijo. Le pareció demasiado explícito, y él un poco pardillo por no saber con anterioridad lo que le había contado. Quizá era un poco ridículo pero le habría gustado compartirlo antes. Lo primero que hizo es mirar al coche de detrás, la banda se había parado justo detrás, conducía Luís, el batería puertorriqueño, le miró, Luís se percató pero se quedo perplejo por la mirada. Parecía que Ray quería matarle por haberse adelantado a llevar a su hijo a aquel lugar. James también miró, le hizo a Luís un gesto de levantar los dos hombros y bajarlos. Luego se volvieron a mirar James y Ray. Las risas fueron tremendas. Al padre le cambió el gesto, se quitó la tensión y empezó a reír también mientras le decía:

- Hijo, soy un pardillo, te creía virgen.

James, prefería no seguir con el tema:

- Bueno, papá dejémoslo. Vamos al club

- Hijo, me parece muy bien, ¿Qué sucede? Te gusta alguna chica ¿Verdad? Un consejo no te enamores. Si no eres correspondido tienes que joderte e intentar olvidarla. Si te corresponde puede ser por miles de motivos y no estar enamorado de ti, con lo que se te queda una cara de gilipollas utilizado, que para qué. Si está enamorada de ti, puede que alguna vez lo deje de estar, o tú, eso no parece nada sugestivo. Si estáis eternamente enamorados, una de dos o no os aguantáis y discutís por todo, o nunca seriáis capaz de reconocerlo pues el orgullo entre enamorados se convierte en destructivo, dilacerado, cínico, distanciado, disgusto tras disgusto.

James estaba alucinado con la diatriba de su padre.

- Papa ¿No crees que te estas poniendo algo filosófico?

- No, hijo, yo estoy enamorado de tu madre y ella de mí, Y podría parecer como increíble, pero lo verdadero dura una eternidad.

Aquella noche, Ray había bebido en exceso, Y parecía especialmente charlatán con su hijo. Para James, aquellas parrafadas, a las que estaba poco acostumbrado, ya le empezaban a agobiar un poco. Pero si es verdad que era la primera vez que oía a su padre decir que estaba enamorado de Liz.

(...)

¿Qué ha influye más sobra la vida de uno? Una persona con la que compartes gran parte de tu vida, o alguien que por ejemplo, por un hecho fortuito influye fatalmente en ti. ¿Ray en James, o el inconsciente que se saltó el alto en David?

Ray iba muchas veces a visitar a James al hospital, allí le seguía la corriente. Para él, su hijo nunca había sido un niño pequeño, siempre tan maduro tratando con gente mayor, sin embargo, ahora se tornaba la situación. James parecía un auténtico bebé, un niño pequeño que necesitaba los cuidados de su padre. Ray se sentía pasado, poco preparado, superado por la situación. En los conciertos que daba en garitos calurosos apenas sudaba; sin embargo, en los momentos que hablaba con su hijo en plena paranoia se le empapaban las camisas por la espalda costilluda y se le caía el sudor por la frente.

Ignoraba el propósito de intentar darle la razón, como se dice, como a los locos. Optó por ello, puesto que pensaba el psiquiatra que en principio sería lo mejor, teniendo en cuenta que Ray se constituía casi como el único cable de James con el mundo real.

Cuando le preguntaba a James para seguir la farsa por Martha, por sus amigos, éste le contestaba que si estaba atontado, si hacía años que no veía a Martha y que, además, David había muerto. Era sorprendente la reacción de su hijo. Por el contrario cuando no le seguía la corriente, él hacia entender que salía con Martha.

- Papá, esta es Martha creo que la conoces.

Ray se sentía desacomodado con todo esto. Transigía demasiado, era muy desagradable la realidad. Albergaba la esperanza de que alguna vez pasara todo. ¿Dónde se había quedado aquel niño genial que tocaba la guitarra como los ángeles, el que siempre sonreía? Tan preparado para la vida.

En el deseo de solucionar el problema Ray conoció a Martha de verdad. No perdieron nunca el contacto del todo, pero en estas circunstancias se intensificó, por un padre desesperado que sabía cuál podía ser el único antídoto a la enfermedad de James, por ello acudió en su búsqueda lo cuido e incluso lo convenció, de que su hijo tenía era mal de amor por ella. Como casi todos los hombres listos que la conocían, Ray también la consideró como encantadora, tierna... él mismo parecía convencido que era la chica, no ideal, no perfecta, pero sí por la lógica, puramente la chica de su hijo.

Ray siempre vivió en un mundo ideal, a pesar de esforzarse por aparentar frialdad con frases lapidarias de pesimismo y negatividad. Todo lo contrario, era bastante idealista, creía en la bondad de las personas, sobre todo en el amor. Por eso comprendía a Martha, entendía a su hijo, por ello luchaba denodadamente por unirlos. Se desesperaba pero no se rendía aunque cada vez le parecía más quimérico.

La desdichada Martha iba todos los días a comer con Ray. Era cuando Ray se levantaba. Se levantaba tarde, por que llegaba tarde; luego tocaba la trompeta durante una hora, a las dos la esperaba Martha para comer. Liz, algunas veces estaba y otras no, dependía de que estuviera rodando o no. Las dos mujeres hablaban mucho, de muchos temas, sonreían, charlaban amistosamente, sin embargo, jamás nombraban a James. Liz decidió intentar ignorar la enfermedad de su hijo, aparentar naturalidad, le hablaba, se dirigía a él con toda naturalidad como si no pasara nada.

Ray, cavilaba, y con certeza, que su hijo se curaría en el momento que pudiera perdonar a Martha. Él era muy comprensivo con el engaño de ella. Total vivimos en la modernidad, este siglo XX parece neurótico, de sentimientos extraterrestres, descontrolados, abusivos.

Ellos dos si departían de James, casi continuamente. No sabían como hacer para que James la indultara, para que supiera que también Martha le quería.

El apoyo era total, pero no le consolaba, Martha lloraba. Al año de seguir con la lucha absurda; ella, se rindió, decidió abandonar, cambiar de vida. Había conseguido un trabajo en Los Ángeles, allí decidió irse, no quería volver a su amado Frisco, no quería recordar su anterior vida. Con toda lógica se rindió de esperar una solución. No quería saber nada de nadie. Janis, había muerto, David también, el Haigh era un campo de droga. El hipismo se había convertido en una imagen publicitaria. No quería más.

Martha incluso decidió despedirse de sus padres, con los que hacía tiempo que apenas mantenía contacto. Ellos se sintieron emocionados, incluso su padre mostró una sonrisa nueva para ella. No explicó demasiado, prometió escribirlos, venir a verlos a menudo, al fin y al cabo se encontraban muy cerca. Cumplió con lo prometido, les escribía muy a menudo y la respondían siempre. También iba a visitarlos una vez al mes además de las cenas de Acción de Gracias y Navidad las cuales adquirieron todo el sentido familiar que nunca habían tenido para aquella pobre familia. Ahora se veían mucho más que en los años anteriores. Ella les contó todo a sus padres, y ellos parecieron enternecerse hacia ella.

La valentía

Ocurrió en el año setenta y tres, cuando dejé San Francisco. Fueron los ojos de James mirándome, presos de dolor, los que causaron la evasión hacía adelante. Aquellos ojos que me decían que lo que hablaba su boca era mendaz. Desde entonces nada ha vuelto ser igual. Mi vida se convierte en un cúmulo de imágenes que no puedo olvidar. El intento de suicidio en plena adolescencia; la muerte del gran David, el cruel engaño a James.

Me fui a la ciudad de Los Ángeles. Aquella ciudad me pareció desde el primer momento muy distinta a San Francisco. No corría ese aire de libertad de personas iluminadas por el Zen como mi amada ciudad. Se constituía como una ciudad más cosmopolita, más variada, más surferos, más rockeros, menos locura.

Para mí me suponía fácil explicar la diferencia como comparar la naturalidad destructiva de Janis, sus depresiones su verdadero alcoholismo, la droga como vía de pensamiento, su música con voz desgarrada por que ella lo vivía. Desahuciada en este mundo tan sólo por ser incomprendidamente genial. Por otro lado el auge más comercial que verdadero de los grupos angelinos. Ese de estudiantes que forman un grupo con un personaje de fuerte personalidad; Jim, moviéndose entre el mito y la realidad, la comercialización y la naturalidad por ello todo parece más falso. No es un ente de la flor, parece un mito idolatrado en camisas de personas que no pueden entender la época. Drogas por que había que drogarse, voz desgarrada por que había que desgarrarla, salir en programas de conservadores para escandalizar, para que hablaran de él...

Janis era San Francisco, buscaba la ansiada felicidad; Jim era de Los Ángeles, por eso buscaba el reconocimiento. Pero algo en común, los dos murieron jóvenes de éxito y se convirtieron en estupendos iconos del siglo.

En L.A existía más bullicio, quizá más riqueza, que conllevaba mayor conformismo. Grandes músicos, pero inmersos en una aureola de mayor publicidad, quizá y a pesar de ello de menor calidad que en el sur del país o en San Francisco, verdaderos centros neurálgicos del Rock and Roll. Al menos esa era la opinión que yo tenía...

No me encontraba del todo a gusto, pero por nada del mundo quería volver a mi ciudad, volvería a intentar verte y parece evidente que era imposible, tan sólo me serviría para sufrir. Me daban miedo tus reacciones, no pensaba que te fueras a curar, y que pudiéramos por ello empezar de nuevo. Había perdido la esperanza. Quería olvidar todo lo relacionado con la gente que conocí en San Francisco.

Tampoco me apetecía él ponerme a buscar alguna formación para poner mi voz. También quería decir adiós al mundo de la música, de las drogas; todavía era joven pero había vivido muy intensamente. Había llegado el momento de aceptar un cambio de planes en mi vida.

Muy pronto encontré trabajo en una tienda de ropa en Berbely Hill, casi antes de ello un hombre, veinte años mayor que yo, se fijó en mí. Qué curioso, pues parecía un caso paralelo a mi madre, aquella mexicanita que se había casado con un hombre mayor que ella, cuando ella trabajaba en una tienda de ropa en Acapulco. Pero mis ojos no brillaban cuando hablaba con él, ni me sentía más a gusto que con otras personas. Sabía que me iba a volver a traicionar, recapacitando que esta era la única forma de ser feliz. Enseguida establecimos una gran amistad, yo es lo único que quería con él; entre otros motivos porque había cogido aversión a las relaciones sexuales. Pero, también me extrañaba el poco interés mostrado por él. Ni siquiera quería dar un paso, intentarlo. Confieso que me causaba extrañeza. A lo mejor, poseía la capacidad de leer la situación, por eso imaginaba que yo no quería nada con él. Eso que en un principio nunca le hablé de ti.

Aquel millonario, me agasajaba, me cuidaba, me trataba como a una reina, ¿Qué más podía pedir a esta vida si cuando le había reclamado más me había estampado contra un muro de desgracias? ¿No hace todo el mundo lo mismo?

En esos momentos, me esforzaba por olvidarte, tú amor me daba miedo. No parecía preparada para convivir con ello, sensaciones demasiado fuertes, prefería la estabilidad, de aquel hombre. Se llamaba Joseph, era judío, y se había casado de joven, pero pronto se divorciaron, jamás me habló de ella.

Joseph era muy alto, voluminoso. Imponía mucho respeto no sólo por su altura sino que incluso en mayor medida por su quijada enérgica, sus rasgos tan nervudos, de orejas agudas, su tez era más pálida que oscura. Poseía una barba muy cerrada, tenía que afeitarse dos veces al día para que no le sombreara al final del día. El cabello era espeso y canoso, ni un solo pelo era de otro color que el blanco grisáceo. Tremendamente cuidadoso siempre lo llevaba impecable. Al igual que sus eternos trajes de diseño italiano. Fornido y levantisco, su gesto parecía disiplente y la sonrisa tensa, más forzada que falsa. Elegante, perfeccionista, se miraba y observaba mucho en cualquier reflejo motivado por un cristal o por un espejo.

No me atraía en alguna forma, pero vivía a gusto, ¿Para qué tanto sufrimiento gratuito, en este mundo tan desconsolador? Me sentía laso de apostar fuerte, si cuanto más intenso parece un sentimiento más terribles son sus mazazos, ya había sido suficiente. De que me había servido amar a mi padre, si me ignoraba, amar a David si se mató, enamorarte, si tu letanía era mayor que mi amor. Como iba a creer a un Dios que cuando creó el mundo pensó que era bueno. Se equivocó, nos ha dejado a todos amargados, viviendo en la esperanza de algo mejor. Siempre esperando ¿a qué? Si cuando mayor te haces más añoras el pasado.

Joseph se deshacía ante mis ruegos, no se preocupaba por lo que hiciera o dejara de hacer, todo parecía bien, ¡No me imponía nada como hombre, por ser hombre!, Ello se constituía importante para mí.

Me hacía sentirme a gusto, me trataba como si fuera especial, se preocupaba como si fuera única. Todavía es igual, siempre me sonríe, nunca una mala palabra, tengo todos los caprichos que quiera. Era sin duda alguna, algo mejor, o por lo menos, menos traumático que el amor. Ese concepto abstracto del que todos hablamos de forma trivial, y me atrevo a pregunta ¿quién lo ha conocido?, ¿Quién ha sido feliz con él? A esos que lo han tratado, les preguntaría, ¿mereció la pena? ¡Qué peor amargura que el de las penas de amor, que te puede hacer enfermar!

Cuando llevábamos más de un mes de salir varias noches a la semana, y después de una maravillosa cena, Joseph me confesó la realidad. Me dijo que era homosexual, pero que me quería mucho, que quería tenerme como su mejor amiga, que me necesitaba a su lado. No le rechacé, me pareció óptimo. Creo que era una buena oportunidad, para tener un amigo al que contarle lo duro de mi vida, lo luctuoso de mi existir. Era perfecto para mi vida actual.

Ese día nuestra amistad avanzó a una velocidad prodigiosa, nos tendríamos el uno al otro. Él tenía miedo a hacer pública su homosexualidad, yo tenía miedo a los hombres heterosexuales.

A los 6 meses decidimos que nos casaríamos, haríamos una fiesta por todo lo alto. Vaya, ahora estamos terminando los trámites del divorcio. No importa, él tiene un novio desde hace tres años, ahora le ha entrado, la valentía, la ilusión de hacerlo público.

No sé, sin embargo, el por qué pero últimamente me estoy empezando a contradecir, no sé exactamente que me sucede pero todas las noches antes de dormir me acuerdo mucho de ti y, sin embargo, me da miedo el volver a verte. No deduzco por qué, cuando me despierto me gustaría saber que estás haciendo, como te vas a la ducha, que desayunas, como te acuerdas de mí, que maravillosamente loco estas por mí. Desde que sé que te has curado, no dejo de pensar en ti y en la posibilidad de ir a verte. Hablo con tu padre que me cuenta tus evoluciones, pero jamás me atrevo a decirle que quiero verte.

La muestra de algo tan fuerte me está haciendo caer de nuevo, me está haciendo pensar en el amor. Quizá sea un mal endémico, irreconciliable, Y sobre todo irremediable. Cientos de veces al día, vuelvo a la soledad de mi cuarto para ver las fotos en los que estamos los dos juntos. Algunas veces estando con Joseph me excuso diciendo que me voy a lavabo, saco una de las fotos, la acaricio, la beso y lloro sobre ella.

Por desgracia ya no puedo pensar en otra persona que no seas tú. Nunca había dejado de preocuparme por ti, pero al construirme un mundo irreal, había conseguido aprender a vivir sin ti.

Como dotada de un sexto sentido, esa sensación crecía día a días, hasta que hoy he recibido una carta tuya. Otra vez estoy buscando la angustiosa felicidad.

Cuando la recibí esta mañana vi que no aparecía escrito el remite, la abrí distraídamente sin reparar en nada, no creó ninguna expectativa en mí, probablemente era de mi madre o alguna amiga,... fue abrir aquella hoja doblada por dos sitios y ver aquella letra, reconocí con rapidez al remitente.

Me entró una desazón tremenda, me puse nerviosa. Sabía, intuía que algo trascendente vendría en esa carta. Reconocí la letra a la perfección, a pesar de todo el tiempo que había pasado.

Martha:

Van a hacer muchos años ya que no nos vemos, recuerdo la última vez cuando con el mayor dolor del mundo te eché de casa. Odio el orgullo que puede hacer tanto daño. Muchas veces pienso que no te quería perdonar por la cobardía de saber que ese dolor se podría repetir.

Sorprendida, ¿verdad?, Yo también estoy atónito de haberme atrevido a escribirte. Llevo mucho, demasiado, tiempo pensando en ello. Todo aparecía planeado, pero cuando he cogido el bolígrafo para empezar, casi se viene todo abajo. No me atrevía, he empezado y no acabado multitud de páginas. Al final he decidido escribir de corrido, con lo que salga.

Quiero ser breve para no distraerte demasiado. Bueno, te acordarás las veces que he tenido oportunidades para editar un disco, nunca lo hice, tan sólo colaboraciones... el caso es que llevo más de dos años preparando un disco y hoy hemos acabado, está preparado para su producción y explotación. Lo he llamado "lloran tus ojos azules"

Ese disco, está dedicado a ti por entero; Lo presento dentro de dos meses en nuestra amada San Francisco. Por supuesto estas invitada a la presentación, a escucharlo, aprovechamos para vernos y hablar. Supongo que tendrás muchas cosas que contarme, pues conseguí enterarme que inicias los trámites de divorcio por las razones que no vienen ahora a cuento destacar. Como ves, mi padre me tiene bien informado. El caso es que espero que no lo estés pasando mal, me encantaría que me contases todo, por si necesitas ayuda.

Atentamente,

James

(...)

¡Era él! Estaba impresionada, como era posible que todavía me recordara, no sólo eso, parecía que me amaba. Había perdido casi todo el contacto, incluso con su padre Ray, y ahora la vida me daba esta sorpresa.

El consentido

Los recuerdos de la niñez de James son los parques tan verdes de la ciudad con aquellos caminos de tierra granítica, donde daba paseos interminables con su cuidadora Angie. Con el azul de las bahías se ponía a meditar, en ese color inmenso, aquel celeste donde encontró la esencia de tus ojos.

San Francisco se levantaba muchas veces nublado, pero cuando la mañana empezaba a entrar, el sol contrastaba con el azul del cielo en una constante lucha por destacar. No vivía en una casa de pan de centeno; en su caso, la casa era una mansión donde no llegaba el tranvía.

Pero un chofer le llevaba al colegio, siempre iba dormido puesto que lo normal era que la noche anterior hubiera trasnochado. No importaba, lo que enseñaban en el colegio le resultaba sumamente sencillo.

A la vuelta del colegio, comía algo se echaba una pequeña siesta, cuando se levantaba, si no se ponía a tocar se reunía con su abuelo y el mayordomo. El abuelo era de España, el mayordomo Inglés. Ambos apasionados por la historia, eternamente enfrentados. Al pequeño le fascinaba las historias que contaban sobre la edad media, sobre Reyes, batallas navales, conquistas. Le parecía mucho más interesante que la historia de Estados Unidos que le contaban en el colegio.

El que James no pudiera aceptar los cuernos, muchas veces el mismo considera que el problema era el de nunca haber pasado por ningún chasco, sin ninguna contradicción a hacer lo que quería. La imagen de Martha acostado con aquel hombre, el dolor tan insoportable de aquella imagen imborrable... La sensación de inutilidad, de no encontrar ninguna solución al problema. Azarosa vida de medio pelo, como niño mimado al que nunca le hubiera faltado nada no podía admitirlo. El tópico, no puedo estar contigo pero tampoco sin ti se convertía en la más cruda de las crudas realidades. El pensar que nunca volvería a estar con ella, ojos impíos que le tienen encantado. Lunático, absolutamente extenuado de pensar en ella.

Un día Janice me montó un numerito que comprendí, algo después cuando me sentí tan irracionalmente enamorado que era capaz de todo. Luego la entendía a ella y a todos los trastornados, traicionados por el engaño, a todos los celos que en ese momento me parecían estúpidos, a todos los padecimientos por desafecto.

Sucedió una noche de juerga, todos estábamos hasta arriba de estimulantes. Nos quedamos en el estercolero de la calle Geary donde vivían Janis y Lisa. North Beach quedaba lejos para la charla trascendental que estábamos manteniendo. Janice tuvo un subidón con la Metadrina Y se puso muy ñoña conmigo. Todo el rato se acercaba me besuqueaba y me decía cursiladas al oído, que me hubieran resultado estupendas, si la hubiera querido oír.

El aprecio no era mutuo, así que la llevé a una habitación, de una forma muy básica, la eché un polvo rápido, de necesidad física perentoria. Reconozco que me comporté como un animal, sin ninguna estima hacia una chica que por lo menos me superaba en inteligencia, y con mucho en sentimientos.

Pienso que ella no se molestó por mis modales, y empezó a decirme todo lo que me quería. ¡Qué decepción! No me lo podía creer. Todos nuestros rollos sobre que el amor no existía, que éramos amigos con ganas de divertirnos y nada más, todo por los suelos. Le dije que si se estaba quedando conmigo, que dejara de interpretar a una niña tonta con sentimientos infantiles.

Debió coincidir con el bajón de la Metadrina, pero el caso es que empezó a gritar como una histérica mientras las lágrimas le brotaban por sus ojos. Después, llegó Lisa e irrumpió en la habitación, clavado su mirada de odio hacia mí, y abrazó fuertemente el cuerpo desnudo de aquella persona reventada en su orgullo propio por un amor incomprendido; Niestche, Freud y todos los filósofos que Janice leía podrían, en ese momento, hacer nada con el sentimiento más doloroso e incomprensible para el que ama.

Aunque no la entendía yo también la intenté animar Y me mandó a tomar por culo. Nuestra amistad acabó en aquel momento. No volvimos a hablar, cuando quedábamos el grupo ella me evitaba. Si coincidíamos en clubes, cafés o fiestas, ni te miraba, debo confesar que lo hacía adrede, no quería escenitas más que por intentar comprender su corazón. Janice, amiga, ahora te entiendo, necesitabas al menos la comprensión de tu desgracia.

Poco después, me llegó una poesía suya que todavía guardo.

Dibujé tu imagen detrás de un cristal
Y te dije que era amistad,
Para conseguir estar contigo,

Escribí tu nombre

En el libro de invitados,
Te engañé pues la habitación
no era como las demás
Hablaba de ti
Como un amigo real,
Que nos ayudábamos
Pero te necesitaba.

Y cuando te fui a confesar

Me despreciaste
Y esa mirada es,
Es una cicatriz en mi corazón.

Por desgracia, no tuve fuerza para contestarla, cuando me llegó, yo estaba pensando en Martha y lo desgraciado que era como para pensar en los demás. Ahora me doy cuenta que fui un miserable y que al menos debería haberme disculpado.

Y los años seguían pasando.

Me doy cuenta que colecciono, ya un buen número de artificios, desilusiones y traiciones, para ya no profesarme como tan buen tío como de niño esperaba ser.

Primero la que fue mi mejor amiga Janice, abandonada como un trapo, después mi mejor amigo David, traicionado con su novia. Desde luego, no podía presumir de ser un amigo de mis amigos.

Después de engañar con soflama y de una forma tan miserable e irremediable David, el que se suponía su amigo decidió huir de la situación. Se largó a Tijuana y allí permaneció un mes, período de desaliento e intranquilidad, pensando en David, repasando a Martha, codiciando volver y enfrentarse a la situación. Meses de alcohol, de desolación. Se hospedó en la casa que tenía Carlos, en pleno centro; fumando marihuana, bebiendo bourbon, recordando aquel momento, el de una mujer que le inundaba, supremo a la música, mejor que cualquier sensación que hubiera tenido antes. Sombra maravillosa del recuerdo, tacto fino de la esperanza. Lo sentía por David pero se encontraba ciego, no podía aguantar más y sabía que en algún momento reaparecería.

Estuvo todo aquel tiempo sin tocar la guitarra, sin embargo, todas las noches se iba algún garito a oír música, la mayoría de las veces de muy poca calidad, pero hasta arriba de alcohol, terminaba durmiéndose encima de alguna barra, casi todos los días se repetía la misma escena:

- Ey, gringo, ya va siendo hora de que se vaya a dormir a su casa, o a algún otro sitio. A lo mejor prefiere pasar algún rato con una señorita... las Mejicanas son maravillosas, no como las de su país que no tiene el calor de aquí. ¡Venga hombre! Anímese Y verá como va a disfrutar como nunca lo haya hecho.

Aquel chicano no sabía que ya había disfrutado del calor de una mujer con corazón mejicano, una mestiza de maravillosos rasgos y fascinantes formas, una mujer soñada, un aliento de gozo de un alma solitaria. Martha, sólo tú Y nadie más que tú.

Sólo pienso en ti.

Y la desgracia me hizo volver en una nube de contaminada esperanza.

Qué asco...

La verdad

David parecía mi hermano mayor, mi guía espiritual, mi mejor amigo, mi amante más cariñoso y más sentido. Por ello permanecía con él.

Me hablaba de música, de sentimientos, de su propia filosofía de vida, me hacía sentirme reconfortada con el mundo, me sentía muy a gusto con su presencia.

Cuando nos acostábamos era capaz de pasarse horas arrebatado por alguna parte de mi menudo cuerpo. Amaba los lunares de mi cuerpo que la naturaleza había dibujado caprichosamente en las zonas más eróticas...

Por ello mantenía la relación viva, aún más, nunca antes había estado tanto tiempo con un chico.

Por aquella época me había ido a vivir al Distrito de Marina, en un apartamento, muy cerca del acantilado que está a la derecha de North Beach. David aunque vivía en el casco urbano de la ciudad en la calle Oak, como era justo a la altura de la avenida de Van Ness, llegar a mi casa no le suponía ni cinco minutos en coche.

Su presencia en ningún caso me agobiaba, ni que estuviéramos juntos muchas horas al día, lo que, sin ambages, me incomodaba era saber que no sentía nada por él, y que si seguía con David, era porque no creía que se pudiera sentir ese algo por alguien que llaman amor. Nunca me había pasado lo de estar pensando continuamente en alguien ni entendía que me fuera a ocurrir en algún momento. Ojala alguna vez pasara algo así y me llenara esta vida que en tantos años, ni la bebida, ni la droga, ni la música, ni las amigas, ni ningún hombre habían conseguido.

El sentimiento mayor que he sufrido es el de odio; rencor a mi padre por demostrarme que mi existencia fue un accidente, animadversión a mi misma por no saber superarlo, rencor a mi querida madre por no remediarlo, aborrecimiento a los demás por parecer felices, resentimiento a David por morir y dejarme sola, tirria a mi cuerpo a mi cara por ser objeto del deseo más simple de muchos hombres, y sobre todo, odio a James por hacerme saber que se puede amar hasta la locura a un ser tan miserable como yo.

La verdad que se me ha visto sonreír muy pocas veces, demasiado poco para que diera una imagen de chica feliz, si quiera alegre o simpática. Nunca he encontrado motivos para que un gesto de alegría sea una constante en mí.

Sin embargo, he llorado en público. Sobre todo lloré la muerte de David. Hubiera sido todo lo que hubiera querido ser, músico, escritor, poeta todo y nada a la vez. Todo cortado por un accidente tan poco afortunado como cruel. David, lloré mucho, demasiado. Dejaste camino libre para lo que más temía, colgarme por un hombre, me daba pánico pensar en la pasión que James me conllevaba, no quería quererle. Abandonaste tu maravilloso futuro, por el destino extraño. Nadie hubiera imaginado que eso pudiera pasar. Fuiste el primero de una larga pléyade de conocidos y algunos amigos fallecidos; la mayoría por temas de drogas. Eras muy tranquilo, no tomabas drogas como consumíamos los demás. Tan sólo bebías alcohol con moderación. En resumen, parecías fuera de lugar, pero a la vez eras el que menos factores de riesgo acumulabas para dejarnos. Curiosidades crueles del existir, fuiste el primero.

Muchas veces te recuerdo, querido amigo mío. Es evidente que no lo puedo evitar. A veces pienso que cuando te engañé con James, te lo tenía que haber dicho al instante, y que para que me entendieras haberte dicho toda la verdad; cruel verdad, porque con James sentía lo que nunca había sentido antes; en ese momento lo hubiéramos dejado. Pero fui egoísta y prefería seguir con mis miedos y no enfrentarme a la realidad.

(...)

El recuerdo de aquel año con Martha no me deja respirar. Volverme loco sinceramente no es lo mejor que me ha podido pasar. Permanecer en un hospital psiquiátrico no parece jauja, con marcianos de todos los aspectos, paranoicos, esquizofrénicos, con traumas tan turbios que son difíciles de relatar.

Cuando volví de Tijuana me encontraba algo deprimido por tres razones que no me podía quitar de la cabeza. La primera el accidente mortal de mi mejor amigo. La segunda la extraña sensación de liberalización inconsciente que esto me producía, y la tercera, volver a ver a la mujer de mis mayores sueños de duermevela, pesadillas, realidades, recuerdos... además, las tres razones se mezclaban y entrelazaban porque no se podían ver como independientes.

Desde el funeral, Martha y yo, nos pasamos dos meses sin vernos en persona. No obstante, nos llamábamos por teléfono a diario, permanecíamos horas colgados al receptor hablando de todo un poco, siempre había algún tema, algún asunto que tratar y desarrollar. Ninguno de los dos, maniatados por el espíritu de nuestro amigo, nos decidíamos a dar el paso de quedar, hasta que una noche irremediablemente nos encontramos por casualidad. Odioso, maravilloso destino. Fue en un club de los menos conocidos de North Beach. Allí se encontraba la musa de todas mis últimas creaciones, el trauma de culpabilidad, la desazón de no vivir en mí. Radiante, preciosa, ¡Mi niña! Menuda pero llamativa. Como siempre destacaba sobre los demás. Irradiaba con una simple sonrisa los deseos de los más pintados. Aquel húmedo anochecer en San Francisco hacía un calor sofocante. Ella llevaba una falda larga floreada, de tonos marrones y vino Burdeos, con vuelo al estilo mejicano sin cinturón, por arriba una mínima camiseta de mangas, bastante escotada de color nacarado. Sus brazos menudos, flacos, pálidos con un cierto tostado de aquellos días calurosos. En el cuello desnudo un colgante con una cruz con piedrecillas de un rojo como de cristal de Murano, también una especie de talismán imitando un cuerno de rinoceronte de color hueso. No iba excesivamente maquillada, pero se había puesto esa línea de ojos que resalta aún más el azul, casi insultante como un cachito de cielo robado para sus pupilas. Martha tiene un coqueto lunar en el comienzo de su escote, en el lado derecho. El mundo se me viene encima, y como un adolescente, siento los nervios de encontrarme con la mujer, la más especial, ese hormigueo, parte nerviosismo, parte sufrimiento, parte dolor. Composición general que me proporciona un inmenso placer.

En ese momento para los dos ya no había nadie más Y empezaron a hablar:

- ¿Qué tal Martha? Tenía ganas de verte por fin desde...

A Martha le cambió la cara, le brillaron los ojos que parecía antes tristes:

-¡Cariño!

Se abalanzó sobre James, le abrazo fuertemente contra ella, le besó el pelo con gran laboriosidad, él la besó como pudo. James enseguida levantó la cabeza con cara de pudor, para ver quien estaba con ella, no era nadie conocido de David, que pudieran hacerles sentirse avergonzados. No, eran los de la Airline, al completo, iban a tocar más tarde en un club en el que Martha se había hecho relaciones públicas. Por este motivo le comentó:

- Amor, te tengo que dejar, nos vemos a las once en el Fashion que es cuando tocan, toma una entrada.

Se fueron deprisa, porque había gente que reconocía a los Airline. Todos ellos iban sonriendo por la escena que acaban de ver. Martha había sido fríamente natural; sin nervios, sin miedo. James se había quedado bloqueado, mirando la entrada y mirando a ellos irse.

No hace falta mencionar que aquel concierto de los Airlane lo inmortalizaré toda mi vida. Como te codiciaba. Cuantas veces me había planteado pegarme un tiro por ti, pero si no me suicidaba ¡era por ti! El amor se convierte en una lucha de dilogías, lo que junto a la enfermedad más se acerca al dolor. No es sino otra enfermedad, quizás la más extendida, cuyo único antídoto encontrado parece ser la negación de dicho amor, la posible represión ante los demás. ¿Qué sucede cuando en la soledad de la noche no eres capaz de reconciliar el sueño, pues te sientes un idiota por no superarlo o huyes encima de alguna mejor y mientras cierras los ojos intentas pensar en ella, en tu amor, en lo único? Muchas veces se puede llegar a relegar, pensar que parece ficción del pasado que esa atracción hubiera estado. Sin duda en un padecimiento.

Yo aquella noche me encontraba al lado del más dulce de los antídotos, una bruja con cara de ángel. Me sabía llevar a un estado del más absoluto éxtasis de la mayor de las felicidades, del erotismo más insuperable.

¡Cómo había sido capaz de saludarme, dándome un efusivo beso, mientras yo me moría de vergüenza! De nuevo me había vuelto a descolocar.

Después del concierto estuvimos hablando durante horas. Como excusa para vernos las caras recordar todos los estigmas, características de nuestro rostro, de los ojos, de la gama de sonrisa de sus labios. Belleza interminable con sabor a eternidad.

Por ello no puedo negar que durante aquel año fui muy feliz.

San Francisco era la capital del mundo en aquel momento, al frente el movimiento, de la mejor música, de las drogas, del anti-sistema. Yo no estaba siendo muy creativo con mi música no obstante, me recreaba más que nunca, pero todo lo hacía con el apoyo constante de la mejor, de mi alegría, salíamos todos los días, bebíamos nos drogábamos, poseíamos cantidad de amigos.

Muchos pretendían algo con ella, embrujadora, calurosa pero era inexpugnable, se encontraba con el guitarrista más prometedor de la ciudad, que mantenía su espíritu solitario ya que no pertenecía a ninguna banda, a pesar de las tentaciones de los Grateful y fuera de San Francisco de The Windows. Quizá una falsa soberbia, me hacía denegar pertenecer a cualquier formación. Siempre me arrepentiré de no haberme juntado a la banda de Duane, cuando ellos me lo pidieron. Me lo pidieron la semana anterior al fin de semana del engaño. Cuando tendría que haber contestado, yo tan sólo quería huir. Duane no me lo volvió a pedir después de que me fuera a Tijuana. Años después mi padre me contó que Greg se interesó por la posibilidad de que fuera el sustituto de Duane en la banda. Yo estaba en el psiquiátrico y aquello era imposible.

Con los Windows fue después y por otros motivos. Ya había vuelto de Tijuana, llevaba unos meses con Martha. Cuando me llamó el productor de los Windows, concertamos una entrevista con Jim y sus compañeros. Lo tenían muy difícil, su música no quiero decir, que me disgustara pero me parecía un paso atrás para lo que yo había comenzado a hacer. Martha me acompañó, no temía que ella admirara Jim, y en eso no estábamos de acuerdo porque yo pensaba que era un montaje de la industria. Por la noche fuimos a la casa de Jim donde daba una fiesta para intentar convencerme de que mi guitarra se adaptaba a sus canciones.

Pero cuando vio a Martha, creyéndose el dueño del mundo pensó que podría ser suya, no la dejaba ni a sol ni a sombra. Martha era terriblemente coqueta y algunas veces podría resultar muy agradable para aquellos con los que estaban con ella. Incluso dar falsas esperanzas para el que quisiera tenerlas. En ningún caso lo fue con Jim. El insigne cantante-poeta no tuvo más remedio que rendirse e irse a la cama con las orejas gachas, las manos vacías, después de hacer el numerito de arrodillarse ante ella cuando yo estaba distraído. Bueno para ser más sinceros se fue con su novia, pero aquella noche el deseo aparecía con otro nombre, seudónimo de belleza.

Lo recuerdo perfectamente. Ese maldito endiosado, empezó a acosarla, de mala manera. Se creía capaz de todo. Acabó de rodillas, mientras Martha se descojonaba de él. Después de eso decidimos irnos de su casa.

Evidentemente, no consiguieron convencerme. No me habrían persuadido ni siquiera si no hubiera habido numerito. No obstante, Martha y yo decidimos quedarnos dos semanas en Los Ángeles para conocer la ciudad. Todas las noches íbamos a algún local de música donde hubiera algún concierto. Los dos estábamos enamorados de la música, teníamos gustos muy parecidos para casi todo, no necesitábamos a nadie más.

Que bien lo pasamos esas dos semanas, acercándonos a Hollywood y viendo como era el mundo del cine. Incluso quedamos un par de veces con mi madre que interpretaba una película en uno de aquellos estudios.

Una noche, cenando en un sitio maravilloso, y mientras estábamos ya con los postres, Martha se mostró especialmente sensible y abierta. Actitud que me sorprendió por inesperada.

James, ¿Te puedo hacer una pregunta?

La miré con cierto susto, porque me daba un poco miedo que en aquel momento quisiera preguntarme algo, no creo que hiciera falta hacer preguntas:

- ¡Claro! Pero ¿Porqué me pides permiso?, Por donde me vas a salir.

- James, ¿piensas mucho en mí?

- A todas horas, de verdad, no hablo de un tópico, todo lo que hago está condicionado a ti. No entiendo que si quiera lo dudes.

- Es que creo, que quizá, yo te quiera mucho más que tú a mí, Y por eso temo nuestra relación. Te quiero más que a mi misma. ¿Tú podrías decir eso?

- No, pero yo me quiero a mi mismo, por eso te quiero igual que he quiero a mí mismo. Tú no te quieres lo suficiente, a pesar de que te intento convencer todos los días y en todo momento que eres maravillosa, especial, distinta a todos los demás, tienes algo que no puedo olvidar que no he visto a nadie; cariño, sinceramente creo que no soy el único que lo pienso, vuelves loco a muchos hombres, eres dulce, astuta; Dios mío si eres maravillosa, como puedes creer que no te quiera, estoy convencido que si alguna vez me dejaras me volvería loco.

- No digas eso nunca va a pasar.

En ese momento la mentí, pero porque creía que era lo que debía oír, en realidad yo la quería mucho más que a mí mismo, pero prefería contestarla como la contesté.

Durante aquellos maravillosos años, íbamos a todos los sitios juntos, salíamos a diario. Ella se vino a vivir conmigo a mi casa, nos teníamos el uno al otro. Vivíamos como una auténtica pareja.

La curación

Aquella tarde era la séptima consecutiva que James pasaba sin poder pernoctar en su casa. Le habían internado en el hospital psiquiátrico las veinticuatro horas del día, hasta el nuevo informe. El doctor "pastillas", decidió recluirle en la planta quinta, última planta del hospital para los casos extremos.

Todo motivado por su último ataque autodestructivo, golpeándose contra las paredes. Allí convivía con enfermos postrados todo el día en camas, otros con severos problemas mentales, que andaban todo el día en círculo. Algunos más de apariencia más normal, tan sólo babeaban, sonreían... Dos o tres más como él, con los que se podía charlar, y razonar; pero que estaban allí para no ahorcarse o arrancarse la piel a cachos. Mejor dormir allí, que en sus casas, en un pabellón constantemente vigilado. Un buen lugar, para no manchar la institución con suicidios no procedentes. Poco importaba lo esperpéntico del lugar para mórbidos no terminales como él. Era evidente que el director del centro se había sobrepasado en llevar a aquella planta a James.

Tan sólo les daban una radio y una baraja de cartas, para entretenerse. Ni siquiera les dotaban de una simple televisión, por ello James se pasaba gran parte del día escuchando las emisoras musicales de la radio.

Corría el año 74, la música se encontraba en franca caída libre. Jimmy, Duane nos habían dejado; Eric en un centro de desintoxicación. Quedaban todavía muchos dando caña, pero nada comparable al mítico 69. Permanecían en el panorama gente como Neil, Ten days after, Carlos, Carole, Silver Butterfly. En menos cantidad que años anteriores pero todavía surgían formaciones con ganas de hacerlo bien, con los que James con posterioridad tuvo la suerte de compartir colaboraciones en sus discos.

Le encantaban dos grupos, continuadores de la estela de los hermanos Duane y Greg, como eran The General Truck Band y Lern Skern. Sentía rabia en ver como evolucionaba la música rock, mientras él no podía ser parte de ese proceso.

Le parecían absolutamente fantásticos. Le gustaba escucharlos; Y cuando los ponían en la emisora que sintonizaba, se alegraba bastante. Estos constituían uno de los pocos buenos momentos en los que disfrutaba.

James estuvo unos meses sin poder salir del psiquiátrico, pero por suerte consiguió que pronto le cambiaran de aquella horrible planta. Sobre todo por lo que le pasó aquella noche, que fue el punto de inflexión en la vida de James.

Aquel séptimo anochecer fue especialmente malo, James se encontraba bastante jodido por la medicación, quería irse a la cama. No era ese el único problema, puesto que todos los días después de la cena de las ocho, les obligaban a acostarse con su ración de tranquilizantes, antidepresivos.

Intentó cenar bastante flojo, más bien nada, a pesar de ello tardó en dormirme en contra de su deseo. Antes de dormirse estuvo pensando en Martha; ¿Qué estaría ella haciendo en estos momentos? Se la imaginaba viviendo la vida, en los ambientes que les gustaba ir junto con algún otro tío al que amarrarse. No obstante, aquella noche del 74, aunque pueda parecer increíble, un duendecillo verde y cabezón, le dirigió a la luz.

La noche era tan silenciosa como todas las anteriores en aquel lugar, estaba lo suficientemente drogados para que nadie incomodara en la oscuridad. No obstante, se despertó en evagaciones, después de no alcanzar el sueño completo. Abrió los ojos, descubrió a los pies de la cama que allí le estaba observando alguien. Configurado en un extraño ser, aquel hombrecillo mediría unos 85 centímetros, de enorme cabeza, superior a una humana, y cortas extremidades inferiores, por ello los brazos casi le llegaban al suelo. Apenas se dibujaba un cuello; sus ojos eran rasgados en forma de nuez horizontal; su nariz de poesía 'quevediana', su boca angosta e inmensa, era prognato por sus mandíbulas. Las manos y los pies eran excedidos de por sí, para su altura, desmesurados. Llevaba una vestimenta que hacía recordar a los pajes de la edad media, a los pulchinelas burlescos de las pantomimas.

Cuando observó que James se horrorizaba, le dijo:

- ¡Pasa, ganapán!

No podía creer lo que estaba viendo, estaba asustado, creía que las drogas le estaban matando. Le preguntó azorado:

- ¿Quién eres?, ¿Qué haces aquí?

- No te sobresaltes pavo, no te preocupes grandullón; soy parte de un sueño tuyo, o quizá no; soy tu Pepito grillo, tu cuento 'dickensiano' de Navidad, el final de un túnel muy largo.

- ¡Dios! Las drogas me están afectando demasiado. ¿Cómo creo que pueda ser posible lo de este enano?

- Calla, insolente, déjate llevar, y confía en mí. ¡Tonto!, Vamos sígueme, ¿quieres ver a la más bella? ¿A la reina de todas las mujeres? ¿A tu amada? Quizá sea yo un perfecto emisario de ella; yo si fuera tú, desde luego que me dejaría llevar. Al menos sígueme.

- No te entiendo monstruito verde, sé que eres producto de las drogas.

Estaba convencido de que era un sueño, pero parecía todo tan real, de hecho sentía como el duende le tocaba y le cogía del brazo para que le siguiera.

- ¿Qué más da eso estúpido? ; vamos ven y sígueme de una vez, maldito malandrín.

Desde la cama, y sin moverse de ella, James sintió moverse, viajar por una entrada multicolor, que se movía rápidamente hacía su cerebro. Estaba mareando, Y cada vez se mareaba más. No podía soportarlo, su cabeza parecía estallar. La quedaban pocas fuerzas. Parecía desistir, quería despertarse; cuando una luna clara, quieta, recóndita se activaba al final del túnel.

Aquella luz se acercaba a su cabeza, a sus ojos; primero deprisa, ahora despacio, deseaba tocarla, traspasarla; veía un pequeño agujero, que cada vez se hacía mayor. Podía vislumbrar un prado verde, muy impúdico; el duendecillo esperándole en la entrada; con un dedo anular, invitándole a pasar.

- ¡Vamos carajillo!, Que llegamos tarde; está a punto de venir la princesa a brindarnos su lene belleza.

La imagen no podía ser mejor. Tierra parda, desnudos peñascales, serrezuelas rojizas. Los rayos oblicuos del sol, molestaban a los ojos, en un primer momento. La retina había comenzado a dilatarse con curiosa rapidez. Un prado verde, rodeado de pocos árboles, no más que ciertas frondosidades. En las copas de las moreras, díadras semi descubiertas, fantásticas linfas cautivas, sentadas en la rama, despertando dulces y amorosos deseos. Serían unas veinte, cada cual más bella, más deseables; había bajo cada árbol pequeñas ramblas formando dentro de ellas islas de adelfas. Paz calmosa, armonía de felicidad. Al final de la vista podía alcanzar a ver una clara de fina arena salobreña, como un banquero lunar de plata. El sonido del agua hacía la percusión de las canciones de las bellas damas. Hablamos de un atardecer de puro azul. Olía a tomillo, salvia y espliego. Cerros recamados, peñas negras, glaucos zarzales.

La visión era la mirada de un poeta.

A lo lejos se acercaba una comitiva...

(...)

Me acordé en ese momento de las palabras de Martha en aquel restaurante de Los Ángeles-

- James aunque te creas que estoy paranoica, tengo miedo de quererte tanto, que algún día me dejes de pretenderme, tengo miedo, porque me puedes hacer tanto daño, como nadie jamás me lo ha hecho. ¿Me comprendes?

No me gustaban el cariz que adquirían esas conversaciones, aunque curiosamente la persona que creía mejor no pensar en aquellas cosas, fue la que me quebró ante el fatal engaño, no me había preparado en ningún momento.

Pero las mujeres no hay que preguntarles lo que quieren, hay que adivinarlo. Yo lo que más quería en este mundo era vivir con ella, pero aquella tarde, ¿Por qué ella me engañó? Si en realidad me amaba... Hoy cuando después de tantos años estoy drogado y siendo llevado a un mundo imaginario por un cabezón enano, me lo sigo preguntando, por que sólo aspira a mí. Todo lo demás fue por despecho, hacía mí, que su falso mundo ronda a través de mí, lo que ha hecho lo ha hecho por mí o contra mí. No puedo remediar pensarlo, a lo mejor me encuentro en una enorme burbuja de errores concebidos. No lo sé. La realidad es que no puedo apartarme de esta reflexión que hasta me ha hecho enloquecer, vivir engañado, o hacerme el mundo creer que estoy engañado.. Ir en contra de la lógica, de todo lo que puede pensar el resto no es agradable, me engañó no me dio explicaciones, y por ello nos dejamos de ver.

No ha parecido interesarse por mi enfermedad, seguro que estará con otro hombre, se habrá casado e incluso tendrá hijos. Yo sigo con mi cabezonería de que esa mujer me quería y me quiere.

(...)

A lo lejos, se acercaba una comitiva... bellos elfos, comenzaba la marcha, tirando maravillosas luces a su alrededor, destellos que parecían fuegos artificiales, cándidas e inocuas llamas de alegría. Cercando a la enorme cárcava, unos humanos bufones, tocando distintos instrumentos, el arpa, la balalaica, las flautas, guitarras al son medieval. En las cuatro esquinas, cuatro preciosidades de excepcional sexualidad; como diosas griegas, llevaban túnicas blancas de organdí que dibujaban la divina transparencia de ruborizante ciño que demostraba, en erótica mirada, su maravilloso cuerpo tan carnal.

El espectáculo era ensalzo, parecía un "Bosco" de buen humor, una trapeé de felicidad, una fiesta en el Olimpo, el paraíso de los sentidos.

Encima del maravilloso trono floreado, se vislumbra rodeada de maravillosas flores, la más bella de todas, eclipsando diosas del templo y diedras. Mujer de gentil forma tapada por las flores de diversos y divinos colores, tan sólo mostrando sus celestiales hombros desnudos. La corona de flores tiene su forma, eterna contemplación de curvas infinitas.

Siempre magna, la más bella, la más querida mujer de mi vida. Sus ojos desparraman mis sueños. Su mirada hunde todos mis sentimientos y desgarra mi corazón. Su boca se convierte en un océano de deseo. Su sonrisa la certeza de la eternidad. Su cabeza es la definición de la perfección. Su pelo rompe como la ola que nunca debes olvidar por perderte en ella, en su cuerpo se resume la esencia del perfume más caro.

La vi, con transparente claridad, no era como en mis ataques de locura, en esta ensoñación, ella permanecía tan cerca ¡Y me estaba mirando con los ojos fijos en mí. Y me sonreía mientras los pajes iban quitando, morigerados, divertidos, las rosas, los claveles, petunias, narcisos, margaritas de su cuerpo, para mostrar a la preciosa princesa, siempre tan joven, tan radiante, tan bella.

Interrumpió el duendecillo:

- Vamos Juanito calamidad ¡¡vamos a recrearnos en contemplar la eterna belleza.

- Claro, enano verde, vamos allá, pues es Martha¡

El duende se esforzaba por explicar:

- ¿Martha? Quizá nuestra reina se llame así, el caso que es la que nos da la felicidad, nos llena en nuestras pretensiones, parece verdad es tan maravillosa, ¡malandrín! Que la perdonaríamos todo, ¿Verdad?

James parecía obnubilado pero a pesar de ello y aunque no pareciera, escuchaba a la criatura verde.

- ¡Es Martha!

- ¡Lelo pollita, eso ya lo has dicho!, Sí se convierte en ella, quiere verte, este es el motivo por el que te he traído, quiere estar contigo, para poder desnudar todos sus sentimientos a ti.

- No te entiendo.

- Pues está claro, boludo, está aquí ante tu presencia desnudando toda la verdad, para que comprendas, ella coronada como la reina, pero tan humilde como para suplicarte que le comprendas, que la perdones. Con el suficiente amor como para reconocer su error. Te mira para que la devuelvas la mirada, la digas que la quieres, antes de que sea demasiado tarde. A qué esperas humano memo.

La contemplación debió de durar horas, aquél sitio era impar, e increíble fue esperar hasta llegar a sus desnudos pies, era un sueño de poeta. Ella no perdía su sonrisa, mostrando sus preciosos pechos, ante la contemplación de la fina cintura después ensalzando sus formadas caderas, antes de saber de sus delicadas piernas. Era una metáfora real de la belleza interior de aquella reina. Una explicación de lo estupendo de aquella mujer, y de lo afortunado que era de constituirse en su amor.

¿Qué hacía en este puto psiquiátrico?¿, ¿Qué hacía matándome a drogas?, ¡Dios mío, el mundo me requería sano, ¡ella me necesitaba! Y me esta destruyendo.

Poseía un don que ofrecer, y a la mujer a quien brindárselo, debía crear, inspirado en mi musa, mi amada, mi amiga, mi media parte.

El duende respiró tranquilo y dijo:

- ¡Veo cabroncete que por fin lo has entendido! Has necesitado que un irreal bicho verde tenga que llevarte a un viaje medieval imaginario, en el caballo de madera, para entender que eres uno de los pocos privilegiados que pueden disfrutar del amor verdadero, y que como muchos de ellos, lo rechazas por miedo a la vida, por miedo a perder. ¡No me jodas mierdero! Si hay temor, no hay futuro, no hay esperanza, no hay felicidad. Aquí nadie se va a reír de ti, si alguno lo hace reirá de su propia miseria, por la puta envidia de los soñadores, los creadores, los luchadores contra molinos de viento. Los que abrazan las nubes porque desean el cielo. Mientras deja a los demás que se carcajeen, mientras siguen con sus anodinas vidas de su conformismo de mierda. Estas permitiendo que una gran soñadora este despertando en la penumbra del conformismo que siempre la ha perseguido con maldad. ¿Cómo lo estas permitiendo? Payasote¡

- Oh, mi maravillosa imposible Dulcinea, mi musa Beatriz, mi amada Julieta, mi pecadora Magdalena, no enloquezcas como yo, no seas lady Ofelia... mi dulce Martha.

- Vale, vale, basta demostrar tus eminencias literarias y piensa en lo que te tienes que pensar, en vez de lamentarte en verso. Ella te falló, vale, pero ¿Le dejaste que te diera explicaciones? Lo importante era que te quería. Bueno, cachondo de la pradera, creo que lo que hago aquí es perder el tiempo.

El duende vuelve a mirar a la bella Martha totalmente desnuda, a James ensimismado, como el niño adolescente que descubre el sexo, le dice con insultante seguridad del que ha visto algo excelso y picara mirada el duende se despidió:

- Con esta mujer, tan increíble, resultó fácil abrirte los ojos.

James comenzó a recitar en sueños:

Belleza sideral
Calor de una estrella
Baila como un satélite
Alrededor de mi cintura
Lluvia de estrellas
Eclipsas a los demás
Cometa de maravillosa
Y preciosa melena
Quiero verte más a menudo
Estrella fugaz
Tu amor quiero desear
Vivamos juntos
En una constelación lejana
Te llenaré la mano
De anillos de Saturno
Te daré si tú me pides
La luna
Pídeme la luna
Para que te la pueda dar

Y James se despertó...

La locura

A veces estoy cuerdo, y entonces es cuando pienso que algo he hecho mal. ¿Qué pasó con nosotros?, ¿Porqué me engañaste?, ¿Porqué nunca he querido perdonarte?

A veces estoy cuerdo, y es cuando pienso que fuiste un sueño, confundo la realidad con la mentira. Una es día, la otra es noche. La tristeza es felicidad, algunas veces mi pasada felicidad es muy triste. Y eso es porque a veces estoy cuerdo.

Miro por la ventana, la ventana de un tren que no me lleva a ningún lado. No tiene paradas, ni fin de trayecto. Traquetea en mí el sentido de la culpabilidad. El arrepentimiento de haber perdido la mujer más maravillosa.

Cuando estoy cuerdo, y cuando no lo estoy, agarro mi vieja "strato" y toco sin bafles, porque mi cabeza sabe escuchar aquella melodía.

Y me levanto sereno por la mañana, enloquezco por la tarde. Si la tarde se viste de razón, la noche es un velatorio que me retuerce las entrañas. Si logro dormir en la vigilia, temo despertar en inconsciente lloro, mojado por las lágrimas de la desesperación.

Por eso te escribo ahora que estoy cuerdo. Te pido perdón, sólo porque te amo, te quiero y te deseo por eso imploro que vuelvas conmigo.

Pienso, cuando estoy cuerdo, y me amargo. No puedo dejar de hacerlo. Miro el frío techo amarillento roído por la desesperación de la locura. húmedo por el ambiente gélido, destemplado. Techo eterno de sueños perdidos, incomprendidos aventureros que por buscar en sus cerebros terminan viendo la fría techumbre. Somos como todos los demás, podemos ser más que los demás, porque intentamos dar un paso más para estrellarnos con violencia contra la pared de la simplicidad.

Miro a la oronda enfermera que me cuida, desgraciada por la condición solo satisfecha con sus cinco donuts mañaneros; y comprendo que la vida es cuestión de prioridades.

Oronda prioridad es querer recuperar mi amor, aquel que me hace sufrir.

Cuando la infidelidad de Martha, fue Ray el que llevó a James al centro asistencial de día, después de una semana sin saber de él. Los amigos de su hijo y Martha le advirtieron que llevaba tres días sin coger el teléfono y no sabía si se había ido, y a donde. Martha sospechaba que pudiera estar encerrado en su casa. Así que Ray decidió ir a su casa, a ver si le contestaba. Cuando Ray llegó a casa de James o no estaba o no le quiso abrir la puerta. Por la escalera de incendios la ventana estaba cerrada y las persianas bajadas, así que tampoco podía entrar. Volvió al poco tiempo acompañado de Big John, el portero del local de Jazz donde tocaban. Ray al igual que Martha tenía el convencimiento de que su hijo podría estar en la casa. Tiraron la puerta, vio a su único vástago en un estado deplorable, tumbado en el suelo, con restos de heces y orina en el cuerpo, sin hablar, con los ojos tan abiertos como enrojecidos con la mirada fija pero pérdida.

Tardó tres días más en articular palabra, su padre intentó desesperadamente localizar a Martha pero nadie sabía nada de ella, tan sólo que se había ido de San Francisco. La realidad es que Martha estaba en la ciudad pero no quería ver a nadie del entorno de James, estaba asustada cuando Ray le contó el estado de James; estaba viviendo temporalmente en unos apartamentos de Twin Peaks, volvería cuando James pudiera hablar. Estaba deprimida y con mucho miedo ante la posible reacción de James. Ray estaba al corriente de todo lo que había pasado porque ella se lo había contado, justo antes de que Ray decidiera ir a casa de James a ver si estaba.

James había sufrido un tremendo y repentino delirio de tres días, del que nunca pudo recordar absolutamente nada.

Todo continuo con mi paranoia de inventarme un mundo donde

Martha siempre iba a permanecer conmigo, nunca me engañaría, respondería a todas mis preguntas, no la importaría que yo estuviera a la defensiva, no se preocuparía de mi poco sentido del humor. Una Martha que la hiciese sentirse lastada de por vida por lo que había hecho, que jamás volvería a cometer el mismo error.

Aquellos años en los que estuve como un panadizo, los recuerdo como una pesadilla. Después del bloqueo mental y físico que sufrí, recuperé el habla para empezar una profunda idea, la de una Martha perfecta. Me inventaba diálogos como si ella estuviera conmigo:

> MARTHA: James lo que viste el otro día tan sólo fue un sueño, tú lo sabes bien, sólo ha sido una pesadilla, ¿No ves que estoy aquí contigo?
>
> JAMES: Claro que sí, lo que pasa es que fue una pesadilla tan dura
>
> MARTHA: No debes pensar más en ello, yo nunca te abandonaré, siempre estaré contigo, tan sólo haré lo que tú digas.
>
> JAMES: No quiero que me hagas daño, prefiero morir a vivir sufriendo, de sólo pensar que pudiera pasar, el dolor me supera.
>
> MARTHA: Ven a mis brazos, yo te cuidaré, como nadie te ha cuidado, no temas,

Muchos días conviviendo con una ensoñación falsa. Fatal enfermedad de un dolor no localizable. No podía evitar tales imaginaciones, no estaba capacitado para aceptar el mundo real, me mataba aquel lugar en el apenas podía escuchar música, en el que no podía tocar la guitarra, lo triste es que tampoco tenía ganas. Miro el techo del psiquiátrico, no lo han debido pintar en años, figuras grotescas componen las caprichosas manchas de las goteras. Veo fantasmas cayendo sobre mí. Me siento mal sin ya las ganas de crear música. Me noto de más en aquel lugar, no creo que me esté haciendo demasiado bien.

Por más que intento hacer un esfuerzo de acordarme, no puedo rememorar aquellos tres días hasta que me encontró mi propio padre, en una situación vegetativa tan deplorable. Por mucho que lo intento, tan sólo repaso el despertar en una habitación muy iluminada, tumbado en una cama confortable, y con mi guitarra eléctrica SG en la cabecera, como preparada para que me pusiese a tocar cuando me levantara. Me encontraba sólo en aquella habitación. Me puse de píe e intenté salir por la puerta, pero se encontraba cerrada. Esperé pacientemente durante media hora hasta que entró una enfermera de mediana edad que con semblante de asombro me espetó:

- No se mueva señor, espere ahora volvemos.

No entendía nada. ¿Qué hacía yo en un hospital si me encontraba perfectamente?- Me consideraba un gran músico que, además, tenía amigos y novia. En ese momento me acordé de David, Dios mío había muerto, me percaté de cómo a Martha la había visto follándose a un colega deplorable. ¡Dios mío!, No lo podía asumir. Me tiré de nuevo sobre la cama maldiciendo este mundo.

Después imágenes confusas: un médico, mi madre gritando, una enfermera administrándome unas pastillas, yo clamando el nombre de Martha. Que momentos más confusos en mi mente.

Allí te vi en ese momento, borrosa atravesando a todos los demás, besándome en la frente y diciéndome:

MARTHA: No temas cariño estoy contigo.

No era necesaria una anamnesis para adivinar mi cuadro clínico: paranoia obsesiva, alucinaciones en forma de personas queridas pérdidas por una causa u otra.

Me sentía culpable por la muerte de David, odiaba a Martha por haberla querido. Rabiaba por no entender, me sentía frustrado por no poder arreglarlo.

Cuando mi padre me proponía el ver a Martha, yo le decía que la única Martha, la verdadera Martha estaba ya conmigo. ¿De qué Martha me estaba hablando?

¿Qué motivaciones ocultas tendría para quererme presentar a una falsa Martha?. No confiaba ni en mi padre, susceptible y perspicaz odiaba a todos los que me rodeaban. Había momentos en mitad de la noche, que me despertaba del sueño, entonces veía con extremada claridad mi paranoia. Sentía que Martha, en realidad, no permanecía conmigo. Sabía que me había inventado tu existir en mí con lo que me sentía profundamente desgraciado. Sudaba, pero siempre conseguía dormirme de nuevo para que al día siguiente todo fuera igual.

Creo que estuve un par de semanas en el hospital y posteriormente me trasladaron a un centro asistencial de día para personas con enfermedad psíquica.

> JAMES: Sabes cariño que dicen que eres una imaginación idealizada de ti, una invención mía por no querer asumir la realidad, un ente creado del amor imposible. Que la verdadera Martha es una fulana cualquiera que me puso los cuernos con el porteador de instrumentos del estudio. Incluso dicen que la gente bromea con ello, que aquel tipejo, además de afinarme las guitarras, me puso a punto a la novia. Parece mentira que dijeran eso, se nota que no te conocen, sabes que hice con el que me dijo eso, le partí la cara, y sí literalmente, creo que le llevaron al hospital, la próxima vez se lo pensará antes de decir una gilipollez. Eso sí mi médico se ha enfadado mucho conmigo, como represalia, me hace estar todo el día en este maldito sitio. Menos mal que permaneces, todo el tiempo conmigo, en

caso contrario, no lo soportaría.

James después de la perfidia de Martha enloquece, vivía demasiado rápido, muchos mazazos para una vida tan joven; primero traiciona a su mejor amigo, después éste fallece, vuelve a la felicidad con su amada y ella le adultera, enloquece y le llevan a un psiquiátrico donde cree vivir con ellos. Y así estaría durante cinco largos años.

Cuando James recuperó el habla, hice todo lo posible por visitarle; le necesitaba, quería pedirle perdón, explicarle lo inexplicable, jurarle que lo hice por él. Todo en vano.

Me sentía terriblemente culpable, lógico, fui malvada, asquerosa, la venganza es de por sí mala, si la exageras uniéndola al rencor, se convierte en desalmada. Tantas veces me quejaba de lo infeliz que me habían hecho ciertas personas, yo que había mandado a mi amado directamente al manicomio, a la persona que más había querido en este mundo. Muchas veces, todavía me pregunto porque lo hice.

No me eximo de ello, con la desgracia añadida de que tengo que vivir con ello.

Durante más de un año imploré clemencia, pero él ni siquiera quería verme. No me reconocía como Martha, no era su chica, su chica ya vivía con él y yo no era más que una intrusa, le resultaba extraña, cuando me reconocía, me trataba como si yo fuera la falsa, con lo que me odiaba.

Su padre y yo intentamos varias veces concertar una cita para que él me reparara, habláramos. En nuestro primer intento, sucedió algo demasiado desagradable como para ganar esperanzas de que hubiera solución.

Llevaba yo una semana, en San Francisco pero sin localizar, me había ido a la zona de Twin Peaks, donde había unos apartamentos para visitantes de la ciudad. Allí estuve una semana meditando, como volver a él, como pedirle perdón. Pero cuando volví me encontré con la desdicha de lo sucedido. Parece ser, que había pasado seis días delirando, en estado vegetal encerado en su casa; yo sabía de él porque llamaba a Ray todos los días.

Cuando me vio, se puso fuera de sí, empezó a gritarme y a insultarme. Recuerdo todas las palabras que me soltó, una por una, no quiero volver a oírlas en mi vida, no quiero que vuelvan a salir de él, me causaba pavor.

James me dabas miedo mucho miedo, decidí esperar durante un año a ver si te curabas. Todo en vano, te negabas a verme, a reconocer que yo siquiera existiera en el plano real. Parecía como si se tratara del recuerdo de un diablo que dañó tus sentimientos mortalmente.

Dios mío, ¿Porqué lo hice?, Dé veras que durante todo ese año intenté hacer lo posible para que quisieras volver conmigo, pero ni siquiera podía hablar contigo; Tu padre me decía una y otra vez que lo diera por imposible. Tu médico parecía tener dudas, tantas dudas, no sabía si forzar la situación, parece ser que mi visita te causó otro delirio de doce horas.

Te considero muy cerebral, parecía imposible que te obcecaras de aquella forma, teniendo en cuenta que por una parte no te olvidabas de mí, sin embargo, por otra me negabas mi propio ser.

Decidí irme, pero antes preparamos un nuevo intento. Gracias al programa que Ingresados que estabas siguiendo, las noches, las pasabas en tu casa, con lo que aquella tarde, yo estaría esperándote, para decirte lo que te necesitaba, lo que te había echado de menos, el perdón que necesitaba de ti, quería vivir contigo.

Durante aquel año, que tan pocas veces quiero reconocer que existió, me sentí profundamente infeliz, rechazaba a cualquier hombre, como penitencia que mi mente me había forzado a deber. No hacía nada, sólo pensar en como me podrías perdonar y volver a estar juntos.

Aquella tarde se convirtió en la última esperanza, llegaste, te recuerdo entrando por aquella puerta, los nervios de tenerte en mi campo visual, escucharte antes de percatarte de mi visión. Según te ibas acercando me adelante al decirte:

- Hola
- A lo que tú contestaste con bastante naturalidad y algo de extrañeza:
- ¡Hola! ¿Qué tal?, ¿Eres una amiga de mi madre?

No lo podía creer, no me reconocía, no quería ya ni admitir que yo era alguien conocido para él, no podía aguantar más, quería mandarte a la mierda, echar todo a la basura. Aún así, intenté sobreponerme, ante lo inadmisible. Saque fuerzas e intenté hacerle bajar al mundo de la realidad.

- Soy Martha, no disimules, sabes quien soy, he venido a verte porque quiero que me perdones, deseo que vuelvas conmigo.

Él seguía con el mismo gesto de indiferencia:

- Lo siento señorita pero no la conozco, no sé qué me está hablando.

Respiré hondo, pero no pude remediar que se me saltaran las lágrimas mientras te hablaba; estábamos en el salón y tu padre se había retirado para no molestar.

- Por Dios, James, soy yo, olvida la farsa, tan sólo te pido que me perdones, que volvamos juntos, no creo que sea tan complicado; No puedes haber olvidado todos los momentos que hemos pasado juntos. Haz un esfuerzo por olvidar el odio, lo que hice lo hice pensando en ti, es cierto que te quise hacer daño, pues debes considerar como evidente que ese hombre no puede significar nada para mí. Fui una víbora, demasiado cruel, no supe explicarte lo importante que habría sido que esa noche hubieras estado conmigo, me lo tomé a la tremenda. El daño ya está hecho, pero no puedo volver atrás para decir que no ha pasado nada; Sin embargo, tú, hasta reniegas de mí, dices que no me conoces, ¿Cómo es posible? Cariño, llevo un año sin vivir en mí, los remordimientos me pesan demasiados para seguir este viaje, no puedo verte, no puedo hablarte. La última vez que me viste, te pusiste tremendamente agresivo, ahora apenas me conoces, ¿Cuándo vas a acabar con todo esto? Necesito, tú perdón, pues ten por seguro que yo no soy capaz de perdonármelo, necesito tu cariño; tú me quieres, lo niegas de una forma paranoica, admítelo dime que me quieres...

Me miró con una cara de absoluto desprecio. No parecía James. Era otra persona en el cuerpo de James. Sin decir nada se dirigió hacia la puerta del salón para gritar:

- Papa, saca a esta puta de aquí, no entendéis que no quiero hablarla, no quiero verla, no quiero escucharla, la odio, me da alergia; esta guarra, me das náuseas...

La imagen era patética, me intenté acercar a él, llorando, gimiendo de dolor:

- Por favor, dime que no es verdad, ¿de verdad piensas así?

Me miró algo más calmado y en voz algo baja me dijo:

- No puedo pensar de otra manera. La Martha que yo quise murió en el momento en que la vi en los brazos de otro hombre. Cómo me dices que lo hiciste por mí, y cuando engañaste a David conmigo, ¿lo hiciste por él? ¿Quién será el siguiente?, No eres más que una puta de encantos únicos, maravillosos, pero una vulgar furcia, ¿Quién será el siguiente? Ahora lárgate, no me convencen tus excusas. No sé qué extraño interés vienes buscando, pero prefiero no pensar en ello. Yo ya vivo con la Martha que creí conocer una vez, la mujer ideal, perfecta, la que me llena del todo. ¡Lárgate de una vez!

- No te puedo entender, ¿extraño interés, dices?, Estás muy mal James, no te esfuerzas por entenderme. No me escuchas, siquiera he sido para ti nunca la chica ideal o perfecta; pero me amabas como te amo yo.

Desde el principio había sabido quien era, por ello me quería ignorar. No obtuve su perdón, me largué de aquella casa, me fui de San Francisco, juré que no volvería hasta que no te hubiera olvidado, y todavía no te he relegado en mi corazón por nadie.

Sé que todo lo que dijiste en verdad no lo pensabas, bueno quizá si estabas convencido de ello, sin embargo, a pesar de todo me seguías queriendo, el personaje que te habías inventado se constituía en una paranoia. Lo sabías, pero negabas la realidad porque tenías miedo al sufrimiento extremo. Lo peor era que en el fondo te comprendía, podía entender tu actitud, por ello, en ese momento, me di cuenta que te habías convertido en algo quimérico para mí.

No veía recurso a tu vida ni a la mía. Me sentía traumatizada. No podía dejar de pensar en ti. Busqué el consuelo en los brazos de un hombre maduro, que no me complicara la existencia. Tú me rechazabas no obtenía tu misericordia, no encontraba siquiera posibilidades de una explicación. Ni siquiera me habías permitido que te la diera. ¿Por qué mi vida se había complicado tanto? Había tenido todas las oportunidades para ser feliz y tan sólo era un matojo de traumas y fracasos.

El destino

Rosa, la madre de Martha había soportado demasiado en su vida. Nació en una familia muy humilde. Su padre trabajaba de camarero en un bar en el centro de México DF y su madre se dedicaba a cuidar de sus hijos. Ella era la mayor de todos los hermanos. Cuando su madre murió se hizo cargo de sus seis hermanos y de su hermana pequeña, de tan sólo meses con sólo catorce años. Con doce años Rosa era ya toda una mujer, preciosa tan a mano de un padre sin escrúpulos para el incesto. La esposa de aquel animal murió seguramente de sufrimiento y pena. Impotente al ver como todas las noches su marido iba a la habitación de la mayor que era la única que tenía un dormitorio propio para que su padre pudiera consumar la felonía.

A los dieciséis, y no pudiendo aguantar más años de desgracia; decidió coger todos los trastos con lo que aprovechando en un despiste de su padre huyeron a la costa Oeste, a una zona playera, turística para trabajar en lo que fuera necesario. Ella con seis chiquillos desasistidos y perdidos en el mundo.

Antes de irse quemaron la casa de los horrores, que estaba situada en una barriada a las afueras de la ciudad, para que su padre se encontrara con la sorpresa al volver del trabajo.

La inteligencia de la madre de Martha permitió que todos pudieran vivir de una forma más pudiente en su nuevo hogar. Ella trabajaba en una tienda de telas. Pronto se hizo con el negocio, y les permitió vivir a todos de él. El resto de los hermanos iban al colegio, además, hacían trabajos esporádicos por la tarde cuando era necesario más dinero.

Fueron momentos de mucho trabajo sin apenas tiempo para el descanso, no obstante muy felices para Rosa. Acapulco captaba mucho turismo, mucha gente se acercaba a la exótica playa. Cuando cumplió los veinte, conoció al que se convertiría en su marido y padre de Martha. Quince años mayor, un americano de buen aspecto, y situación pudiente.

Parecía estupendo, tan alto, rasgos fornidos, como los galanes de las películas americanas que tanto gustaban a la pequeña mejicana, poderosos ojos azules de mirar intenso, piel ligeramente tostada por el sol de la tierra...

Fue un sábado en la playa, los hermanos pequeños de Martha vendían chucherías y tabaco en la playa. Sentado en una tumbona al lado de un bar, Ian tomaba un Manhattan, mientras leía un periódico norteamericano. Levantó la cabeza, cuando escuchó a un chico vender tabaco entre otras cosas, le llamó y se dirigió a él en castellano,

- Ey, amigo querer cigarretes.

Le compró los cigarros, además de una forma distraída le siguió con la mirada, con curiosidad, presintiendo algo. Observó más detenidamente pues el muchacho se acercaba a una deliciosa menuda joven de cuerpo espectacular y piel morena. Rosa llevaba un bañador negro, es obvio que la encontró preciosa, su piel canela y su pelo tan largo como rizado. Sin duda, una hermosura.

Ian no pudo por menos que levantarse y entonces, acercarse hacia esa mujer tan fascinante. Se armó de valor, lo hacía cada vez que veía una oportunidad, nunca se echaba atrás, ni en la vida, ni en los negocios. Se dirigió a ella en inglés no obstante, Martha entendió, acostumbrada a tratar con turistas del norte.

Quedaron aquella noche, también la siguiente. Ian la invitaba a todo, era encantador, guapo e inteligente, siempre la decía palabras bonitas, sabía cómo hacerla sentirla feliz. Alargó las vacaciones seis meses dejando aparcado el negocio inmobiliario. Sus empleados en San Francisco no lo podían entender puesto que, ya había costado convencerle que se fuera de vacaciones un par de semanas por primera vez desde que le conocían.

A los seis meses le dijo que no le quedaba más remedio que irse a San Francisco, pero que volvería para casarse con ella e irse a vivir juntos a San Francisco. La madre de Martha, como no le creyó, le prometió que si volvía lo dejaría todo y se iría con él. Mantenía ciertas esperanzas, y sabía que en ese caso sus hermanos podrían vivir sin ella. Podrían contar con ahorros suficientes, para que no la necesitaran. Además, heredarían el negocio de telas. Ian a su vez la prometió ayuda a su familia siempre que ella lo estimara necesario.

Ian volvió a San Francisco dejando atrás el momento más feliz e intenso de su vida. Una joven Mejicana sin apenas cultura, pero con mucha vida le había aportado más que cualquier persona en este mundo. Le había dado compañía, comprensión, belleza, placer, todas aquellas cosas que el hijo de irlandeses no tuvo con anterioridad.

Ian también dejó el fruto de su amor en el corazón de Rosa y en su concepción. Aquellos meses de vacaciones fraguaron la creación de una maravillosa criatura, demasiado lista, demasiado bella, para ser cierto. Para aquella futura madre, el encanto de Ian era totalmente nuevo, la imagen del padre totalmente distorsionada por un hombre que le daba a la botella y a las violaciones, no era el mejor ejemplo para una niña. El americano, era un príncipe para la pobre niña de tez morena; por eso se entregó a él.

Prometió volver a los tres meses, todos los días escribía una carta a su amada, todos los días su amada le contestaba. No mencionó que estuviera embarazada, para que eso no supusiera ningún cambio, para que en el caso de que lo fuera, se resolviera cara a cara.

Volvió a los dos meses, lleno de amor, arrebatado por un sentimiento desconocido hasta entonces por aquel hombre, tan independiente como egoísta, tan frío como calculador, tan huraño como desconfiado; por primera vez en su vida creía en alguien que no fuera él.

La besó y bajo un desconocido instinto paterno tocó la barriga de Martha de cuatro meses intuyendo la feliz noticia. No hizo falta ninguna palabra, a pesar de que Martha madre apenas se le veía tripa que la delatara. En ese momento él ya sabía que una familia estaba formada y se sentía feliz por ello. Pareció no importarle, y se alegró de tener una hija con su amor.

Aquella semana se casaron en Méjico DF. Tan sólo los hermanos de Rosa acudieron a la boda. Ian no se hablaba con sus padres, era hijo único, tampoco trataba con el resto de su familia.

Rosa vivió un tiempo más en Acapulco, debido a que decidieron esperar a mudarse a San Francisco una vez que la niña hubiera nacido. Nació a finales de año bajo el signo de Capricornio, la que parecía que iba a llevar la alegría a la casa.

Pero en San Francisco para Rosa, él nunca llegó a ser el mismo a quien había conocido en Acapulco. Estuvo de nuevo inmerso en su trabajo, apenas prestaba atenciones a su mujer y a su hija. No tuvieron más hijos, como hubiera deseado la pequeña Mexicana.

Eso fue el comienzo de la desdicha para una niña como Martha. Quizá el padre se sentía a gusto en Acapulco, pero en San Francisco aparecían demasiados fantasmas laborales, de poder, de avaricia, como para cambiar. Incluso los primeros años veraneaban en Méjico, para ver a la familia, no obstante esos viajes cada vez se ralentizaron más en el tiempo. Hubo un momento que ya sólo viajaba Rosa sin ser acompañada por su marido.

(...)

Estoy nerviosa por el encuentro, ¡Dios mío!, ¿Cuántos años han pasado? James, yo también me construí un mundo aparente a mi alrededor, igual que tú pero con personajes de carne y hueso, porque cariño, yo me defino más artificial, más egoísta que tú. Por este motivo, he jugado con las personas sin preocuparme en mis propias consecuencias. Existe la posibilidad de que hayamos perdido, no lo que tópicamente se suele decir los mejores años de nuestra vida, sencillamente hemos perdido unos años de estar juntos.

Estamos todavía en tiempo, soy ya algo mayor pero conservo esos rasgos de mí que tanto te gustaban, mi piel sigue siendo del tacto que tanto admirabas, mis ojos no aviejan. Los ojos son el rasgo del hombre que siempre se conserva joven, aunque sea una vieja rugosa comida por alguna enfermedad. La mirada de mis ojos será la misma que cuando tenía quince, y aquella es la mirada que quiero reservarte para siempre... porque enloqueciste, por que quise vengarme, quise hacerte daño por el dolor. ¡Ay del pobre que se enamora de la mirada de unos ojos! Encontrará la perpetuidad del amor, también la inmortal memoria.

Amor, siempre tendré en cuenta nuestra historia de destrucción, bajo la excusa de tan maravillosa palabra, grandes personas fuertemente atraídas se han destruido. Por el dolor, el padecimiento más mortal que el de la enfermedad, el de la pasión imposible, peor que el del desamor... la imposibilidad de entender que aunque siendo mutuo, no se puede compartir. Yo te mentí, tú me abandonaste, detestaste tu vida, te olvidaste de tus amigos te creaste una metamorfosis en un mundo paralelo, te sentías un bicho ante los demás.

Cuantas veces recuerdo aquella equivocación, que me ha motivado el aborrecer el sexo, el odiar al mundo, el echar la culpa a mis padres a lo que me rodea, quererme aún menos, sentirme estúpida, fracasada, falsa. Del mundo complicado, punzante pero activo, al asqueroso conformismo de una vida mundana.

Pero por fin, creo que me has perdonado, y no sólo eso, gracias a tu genio, incluso me has dedicado un disco... seguro que es maravilloso. Por escucharlo merece la pena haber vivido en este nauseabundo mundo...

Hubiera sido muy feliz siendo cantante de la Airline y viviendo toda mi juventud contigo. Hubiera sido muy feliz si mi padre me hubiera querido. Hubiera sido muy feliz si David no hubiera muerto... lo hubiera sido o quizá no... Palabra maldita el de la felicidad... vana búsqueda del sin sentido. Valle de lágrimas, donde el amor puede ser lo más triste pero también a la vez lo más auténtico...

Todos estos años no he querido pensar mucho en ti... incluso cuando me dijo tu padre que ya parecías recuperado, no moví ni un dedo... yo sí que seguí en mi mundo de porcelana... esta vez la iniciativa ha sido tuya. No me has llamado, no hemos quedado... lo tuyo ha sido una carta una delicia de un genio único. Un paso adelante para que lloren mis ojos... para humedecer mi cristalino del líquido de la esperanza, la emoción el sentimiento. James, quiero que me abraces, quiero amarte, quiero sentir tus brazos rodeándome para siempre, quiero ofrecerte mi cuerpo, estar unidos en el breve instante de la eternidad. Quiero querer queriéndote.

El amor

Ha necesitado cinco años de intenso trabajo. Ha terminado su obra para ella. Después de cinco años agonizando con su locura y otros tantos en el estudio de discos, lo ha conseguido. Ha realizado una opereta estructurada en canciones, pero con muchas conexiones. Todos los que quiso que colaboraran, han estado dispuestos a hacerlo.

El disco comienza con una canción instrumental, con bastante ritmo y fuerza, muy rockera, en ella James toca todos los instrumentos, ha buscado un potente "riff", y se llama el Duende Verde, dedicado a aquel extraño sueño que me hizo ver la luz. Constituye la introducción a una balada que canta tan solo al piano. Después, como réplica, otra balada, interpretada por Carole , también, con dos pianos y una guitarra acústica en la parte solista, dedicada a David, la amistad que tenían y los sueños que querían alcanzar. Quiso que fuera Carole, que aun destacando sobre todo por compositora, para James su voz era especial y mágica para la canción que había compuesto. Seguía con un blues arrollador y para ello se buscó la colaboración de Steve al piano, Buddy a los palos, el Steve bajista inglés y yo a las guitarras; además de la fuerte voz demoledora de su gran amigo Greg. En ella relataba con el dolor del blues, toda la historia entre Martha y James, todas las alegrías y todos los sentimientos. Se titulaba "Lloran tus ojos azules", y a pesar del renombre de los músicos, no entró en las listas más populares pues los de la radio no se atrevían a poner una canción de quince minutos. James se negó en rotundo a hacer una versión corta para entrar en listas.

A partir de esta canción llega la cara b, más de corte jazzístico. En ella James toca con algunos miembros de la banda de su padre. Constituye una pieza dividida en varias partes. Dura una media hora, y es considerada como la parte más compleja del disco. Se sintonizó con mucho éxito en las radios especializadas en jazz. Toda ella es instrumental, y va cambiando según fueron cambiando los estilos de la música durante los años que le tocaron vivir. Es un homenaje a las distintas épocas de la música en paralelo a los distintos momentos que pasó e iba a pasar con Martha.

El disco acababa con una balada cantada por él, con dos guitarras acústicas y dedicada por completo a Martha. Es una declaración de amor pidiendo a Martha que vuelva con él.

A James, su difusión comercial, no le importaba. Lo primordial era que estaba creando; había encontrado la base para ofrecerla una composición y dársela a ella, volvía a vivir en este mundo haciendo lo que más le gustaba que era la música y anhelando lo que más amaba que era Martha. Podía parecer, ridículo, romántico o infantil, no obstante sabía que Martha le iba a entender.

A los tres días de escribir la carta en la que la invitaba a la presentación del disco, le llegó la siguiente contestación:

James:

Quería poner un adjetivo delante de tu nombre, pero no sabía como acertar; quizá querido, amado, amigo...

He recibido tu carta, que me ha causado enorme ilusión. Bueno, ya sabes que durante el tiempo que estuviste en tratamiento, y despúes recuperado, trabajando en el estudio de nuestro Frisco, he sabido de ti con puntualidad, gracias a la información que me daba tu padre Ray. No obstante, estos años desde que saliste de tu enfermedad, era un misterio tu vida. Pues cuando ibas a Frisco, apenas contabas nada a Ray, o al menos él no me lo decías, ¿Sabes que incluso estuvimos una vez a punto de coincidir en casa de tus padres? Fue mejor que no, yo no habría sabido como reaccionar, sí como te fuiste a vivir a otra casa y ya no dormías allí, de vez en cuando iba a visitar a tus padres, espero que no te importe.

En fin, quiero decirte, que por supuesto que iré a la presentación de tu disco. Me causa tremenda ilusión y emoción. Me alegra enormemente que te hayas acordado de tu niña Martha.

Como sabrás, he estado ocho años de matrimonio de conveniencia con un productor de cine. Ahora que ha decidido salir del armario y tal y como acordamos, cuando llegara ese momento, empezaríamos los trámites del divorcio. Pero, en realidad, nunca hubo matrimonio, al no consumarlo en ningún momento. Para mí, ese hombre ha significado, ha supuesto el hermano, el padre que nunca tuve, y ha conseguido que quiera seguir viviendo estos años.

No sigo, pues la mayoría de las cosas serán mejor hablarlas cara a cara. Tan sólo desearte toda la suerte en tu disco, que no dudo que serás excepcional, pues James, tú eres el mejor músico que jamás he escuchado.

Te quiere,

Martha

La carta me llenó de ilusión y de esperanza, me la había imaginado así. Todo salía rodado. ¡Qué ganas tenía de hablar con Martha!, Volver a esos momentos pasados, de cerrar el vínculo de nuestra "love generation" Comprendí que no dijera mucho más, pero si sentí que nuestro reencuentro iba a ser maravilloso.

Ya quedaba poco para la presentación en San Francisco, allí iría ella. La casa de discos aún sabiendo que esperaban poco éxito comercial del disco, sin embargo, se volcaron en la promoción. Por otro lado, me habían confirmado el apadrinamiento Carlos y Greg. El triunfo en la presentación parecía asegurado, de un cantante ya con 37 años cumplidos en aquel maravilloso año del ochenta y tres. Muchos periodistas invitados debieron de documentarse para saber algo más de mí. Se hablaba del oscuro guitarrista de estudio que por fin hacía un disco. Se ignoró mi enfermedad, aún habiendo algunos que lo sabían, no quisieron comentarlo.

Las colaboraciones del disco eran fruto de gustosos favores pasados. ¡Cuántas anónimas colaboraciones en los discos de otros! Ahora la ayuda tornaba. Eric, junto a mí, después de su prodigiosa carrera, y decirme que era el mejor guitarrista que había visto... yo le reprochaba su falta de memoria, pues el bueno de Eric había tocado y compartido escenario con mi amigo Duane, él si era el mejor. Se reía cuando se lo decía, reconocía que a ciertos niveles y cada uno con su estilo parecía muy difícil poner a alguien por encima de otro. En eso estaba bastante de acuerdo, pues todo lo demás olvidar con toda injusticia, gente tan genial como Frank, Jimy o Alvin.

El disco era redondo, nadie me había fallado, ni siquiera mi antiguo e inolvidable amor. Ella estaría aquí, y volvería a ver esos maravillosos ojos azules tanto tiempo después.

La verdad sea dicha, nunca te pude olvidar. En las noches desesperadas de mi locura he visto la imagen creída de un sueño hecho realidad, de una placidez extrema. La felicidad se define así, en una búsqueda. Siempre sabes donde puede encontrarse. Cuando crees haber llegado sigue por delante, la felicidad se convierte en un imposible un sueño. No te la creas, siempre va dos pasos por delante... Quizá lo diga porque no he sido todo lo feliz que aspiraba a ser. Estoy loco, loco por ti, pero a la vez recuerdo el odio que te tuve y me da pavor el volverte a ver, sobre todo y ante todo no quiero sentirte, no quiero maravillarme de nuevo con una simple sonrisa, es que me ensalzas con tan poco. No he sentido esa intensidad sexual, ni sentimental con nada ni con nadie. Me da miedo en el sentido de que me dejas totalmente inmune a hacerme daño. Pero a pesar de ese miedo, estoy contento por todo lo que está pasando, y por pensar en la posibilidad de que volvamos.

Lo mínimo que me puedes dar, mucho más que lo máximo de otras personas. Una declaración de amor, admiración, deseo, necesidad. Sólo pensar que puedas disfrutar con otro hombre me causa pavor. Si, además, se me pasa por la cabeza que puedes enamorarte de otro hombre, me hace querer morir, me hace odiar al Dios que no puedo evitar creer. Cruel por permitirlo o justiciero por probarme.

Pero no hay hora en la que no piense en ti, como no hay día que la imagen del engaño más miserable me martilló mi cerebro ya enfermo.

Y sé que te voy a volver a ver, después de tanto tiempo, pero no puedo olvidar, tu delicado cuerpo, armonía en diminuta, magnificente perfección. Mantengo la imagen de tus ojos cambiantes, algunas veces grandes, y otras enormes, del azul claro pero impactante de un cielo de un amanecer de verano. Pupilas con lenguaje propio, que me dicen tantas cosas, que me proporcionan tanto éxtasis, que necesito aun como medusa de la mitología griega me lleven a la más dulce de las muertes, no por curiosidad, sino por amor, mortal deseo de la necesidad no solicitada.

Sí, todo iría mejor sin ese maravilloso sentimiento. ¿Porqué esta persona y no otra?, si uno se te puedes enamorar potencialmente de muchas personas a las que nunca vas a llegar a conocer, o no; o quizá el destino nos tengas reservado un amor, feliz o desgraciado lo marcará las circunstancias.

Preferiría ser más flemático y no creer, empero, ¡Dios mío! Con Martha como no voy a creer en el amor, si es como ver a Dios y no profesar en la salvación. Pero muchas veces pienso en el título de aquella canción brasileña, que dice que la tristeza no tiene fin, pero la felicidad sí.

No puedo aguantar más sin tu presencia, mi locura, mi música, mi carácter introvertido ya no me consienten el poder vivir sin ti. He acabado por fin mi obra y quiero que la escuches, la he hecho para ti, sólo para ti y para mí. Hemos quedado para la presentación, luego me gustaría llevarte a aquel pequeño parque que tanto te gustaba, donde nos pasábamos horas y horas charlando, mirándonos, besándonos, queriéndonos... allí te veía aún más preciosa y radiante. Martha ¿alguna vez me quisiste?, ¿Me sigues queriendo?, Si me rechazas moriré de pena, lo sé, me tiraré por un puente, por el mítico puente de mi ciudad gritando tu nombre, viendo tu imagen reflejada en el agua. Sabes que soy capaz, tú también quisiste morir y lo intentaste, no creo que si te lo dijera te fuera a espantar. Aunque creo que nunca te lo confesaré.

El epílogo

Sandra, una niña nacida en los ochenta a ritmo de los Village People... sus padres quizás sean algo más mayores que el resto de sus amigas del colegio... su padre se ha convertido en un famoso productor de jóvenes figuras de California. Sandra disfruta en su casa un montón, siempre está llena de músicos lo que le da una gran alegría a su hogar. Lo que no entiende demasiado es, cuando algunas noches ha visto a sus padres agarrados en el sofá del salón temblando y llorando, uniendo sus caras... Sandra especula sobre el pasado de sus padres... no puede comprender nada pero sabe que algo fuera de lo normal tuvo que suceder. Muchas veces su mente curiosa, hace preguntar a su querido abuelo. Ray parece bastante sincero, hasta cierto punto, con ella y siempre la dice lo mismo:

- Mira hija, James y Martha se dedican a la música, en su juventud la música se vivió muy intensamente, debido a que se evolucionaba de un día para otro. Se convierte en una experiencia maravillosa, pero eso quema la vida de uno. Muchos de sus amigos murieron por problemas de drogas; por entonces no se quería creer que fueran tan perniciosas como ahora. Ya ves que sí. Tus padres han sobrevivido y ves que estupendamente, pero el recuerdo de esos días, las fotos de sus amigos perdidos, esos recuerdos que les hacen ponerse melancólicos.

La pequeña niña tenía mucha confianza con su abuelo, y siempre le confesaba todos sus sueños y deseos:

- Abuelo, me habría gustado nacer en esa época y ser una hippie, vivir en una comuna y todas eso.

Ray no puede evitar el reírse cuando oye a la niña decir eso:

- Uy, no sabes lo que dices, cada época tiene sus ventajas e inconvenientes, aquellos chicos eran muy inocentes. Los pobres creyeron que podrían cambiar el mundo; el mundo está demasiado asentado sobre malos cimientos como para ponerse ahora a atacar todo. Como mucho puedes mejorarlo.

No le convencía lo que le decía, fruncía el ceño y mostraba su frustración, algo que a Ray le causaba mucha gracia y admiración.

- Pero ahora en los ochenta, parece que nadie quiere cambiar el mundo, entonces, ¿qué puedo ser?

A Ray le encantaban esas preguntas, puesto que le daba la ocasión de filosofar sobre la vida y le hacía sentirse todavía útil:

- Sé tú misma, hija, sé tú misma. Guíate por lo que te dicta tu mente, tu corazón y tus sentimientos, a la vez que intenta mantener los pies en el suelo.

Pero Sandra, sueña con aquella época. La distancia, la ingenuidad, la admiración hacen que la pequeña niña, tan sólo repase lo bueno de aquellos tiempos. Intuye la vida pasada de sus padres, lo tiene grabado en su memoria, recuerdos de un ayer, pero disfrute del presente.

Después de cinco años recluidos en una ergástula, además de otro lustro trabajando en su obra, en el estudio a las afueras de San Francisco, James volvió a sentir la maravillosa capital de la emancipación. Después de un segundo quinquenio de los setenta tan conservador como aburrido, los homosexuales, en los ochenta, establecieron su lucha personal. De nuevo la ciudad de las causas perdidas. Le dieron un colorido, una alegría de vivir, en definitiva un perder el miedo, que se considera digno de admiración por los viejos hippies. Al igual que los de los sesenta con las drogas, a ellos el SIDA les está suponiendo un gran mazazo, un penoso lastre para los sueños imposibles.

Lo que también había notado durante esta última parte de los setenta fue la gran transformación urbanística de la ciudad. Infinidad de edificios nuevos, calles de reciente asentamiento, otras cambiadas, amplias desconocidas autopistas. Siempre que James volvía, mientras se dirigía al centro de la ciudad, se esforzaba en mirar todos los carteles para no perderse en la que ya no podía reconocer como su localidad.

El mítico "Playland at the Beach" para los románticos paseos en barca ya no existía; tampoco la inmensa piscina "Fleishacer". Por otro lado, Twin Peaks estaba todo ello urbanizado.

Sin perder lo más básico de su personalidad, la ciudad luchó y ganó por mantener el sempiterno tranvía unido a las casas adosadas de madera.

Aquella eterna ciudad, que pierde una ilusión a la vez que gana otra. Recuerdos grandes, y grandes decepciones. En los últimos meses, antes de la locura de James, cuando recién empezando la década de los setenta, el crepúsculo de nuestro movimiento ya se vislumbraba con toda nitidez.

Los turistas miraban a los hippies como atracciones del zoo. El poder establecido ridiculizaba a aquellos cien mil jóvenes de la generación del amor que vivían en el Haigh Ashbury. Los bohemios escritores, artistas, pintores, músicos... llenos de complicaciones con las drogas, la violencia y la criminalidad. Muchos decidieron emigrar al sur, viendo lo que se avecinaba, asentados en comunas campestres.

Violencia, robos, droga adulterada, camellos y violadores, hicieron el resto. Vino el desencanto después, de la ilusión.

En el 68 ya organizaron una pantomima, organizada por las clases más conservadoras. Montaron una parodia que comenzó en Buena Vista y terminó lleno de pintadas ofensivas en Haigh Ashbury.

Ya en el 69 llegaban las noticias del Haigh como un lugar dilapidado con mendigos, drogadictos. Las tiendas se encontraban abandonadas y vacías. Una fuerte inclusión de las mafias orientales, hizo el resto. Una autentica lástima. En los ochenta era todo el recuerdo del pasado.

Quizá tan sólo fue un sueño, de unos jóvenes deseando que la realidad fuera diferente. La actitud política de James, sin embargo, era prácticamente nula, su único interés era la música. Si iba a los festivales era para escuchar a los grupos, se mantenía siempre al margen de los corrillos existencialista que se pudieran formar, pero lo respetaba profundamente. Cuando empezó a salir con Martha, aquello cambió algo, pues ella poseía una postura mucho más activa. La acompañaba con gusto. No obstante, ella mucho más realista, no confiaba en el futuro del movimiento. Sabía que era una historia con fecha de caducidad. Desde que desde jovencita se fue a una comuna, vio, sufrió la decadencia y comercialización de las ideas.

(...)

A veces me encuentro abatido, en ese momento es entonces cuando no persigo recapacitar que he hecho mal, ¿Qué pasó entre nosotros?, ¿Porqué me engallaste?, ¿Porqué no quise perdonarte?

A veces estoy cuerdo, por lo que creo que fuiste un sueño. Confundo la realidad con la locura, el día con la noche, la tristeza con la felicidad, y eso incluso es cuando a veces pienso que estoy equilibrado.

Miro por la ventana, por la ventana de este tren que me lleva todas las noches a casa. Pero que mientras siga ingresado no me lleva a ningún lado, no me deja en ningún sitio, no tiene paradas, traquetea en mi cabeza el sentido de la culpabilidad, el arrepentimiento de haber perdido a la chica más extraordinaria. Sin embargo, hoy es distinto, han pasado dos días desde aquel sueño, y los médicos del manicomio me han dado un permiso de tres días. En casa se van a poner muy contentos, además, les voy a decir que ya estoy curado, que dentro de nada, seguro que me dan el alta.

Era un chico tan joven como lúcido músico; un sobresaliente guitarrista de rock, quizá en algún momento, el mejor. Sin duda un grande, a lo mejor una leyenda.

Cuando me noto equilibrado, agarro mi vieja Strato y toco sin bafles, pero mi cabeza sabe escuchar aquella melodía. Parezco un esquizofrénico, moviendo con velocidad los dedos, cerrando los ojos, moviéndome cual músico en un gran estadio. ¡Vaya pringado de la vida!

Si me levanto normal por la mañana, enloquezco por la tarde, si la tarde se viste de razón, la noche se convierte en un velatorio, retorciéndome las entrañas. Si logro dormir en la oscuridad, temo el amanecer, mojado en las lágrimas de la desesperación.

Te recuerdo ahora que parezco sensato, por ello te pido perdón, te digo que te quiero, te amo, te deseo y te imploro que vuelvas conmigo; me viene en mente el tópico "no puedo vivir sin ti" pero es verdad, tan cierto como mi demencia pasada.

Pienso, en tal caso me amargo; pero no puedo dejar de especular, miro el frío techo amarillento roído por la desesperación del delirio, manchado por la humedad del ambiente más gélido y destemplado; techumbre eterna de sueños perdidos, incomprendidos aventureros que por buscar en sus cerebros terminaron aquí; somos como todos los demás, existimos más que el resto, quizá nos evadimos intentando dar un paso más entonces, por ello nos hemos estrellado, por querer alcanzar la estrella más lejana, la de los valientes perdedores.

Miro a mi amigo, profesor de Física, no tiene que ser más tonto que Eistein, no creo que menos capacitado; sin embargo, todo sucedió por aquella presentación, aquella maldita exposición; No era capaz de articular palabra, empezó a sudar, sus demasiado jóvenes 23 años y aquella timidez congénita, le impidió obtener un 'cum laude' en su doctorado. Lo aprobó pero la presentación fue tan mala para los tan avanzados como mal intencionado jurado de la prestigiosa Universidad bostoniana. Torpe ante el público, hecho que no menoscababa la calidad de su tesis, como bien supo interpretar y aprovechar su catedrático que algún día llegará a Premio Nobel. Sin poder aceptarlo el pobre niño de superdotada mente como la mía, pero en otro terreno, estalló.

Prodigioso paralelismo entre él y yo que nos hacía sentir empatía mutua. Era irrefutable nuestra amistad. Mientras el cerebro privilegiado duerme en la cama de al lado de la mía, creyéndose la reencarnación de Newton, algunos disfrutan de la gloria de su inteligencia. Porque esta vida no parece ser para los que más valen, si no para los que mejor se saben vender.

Pero esta noche todo parece distinto, todo lo veo más claro. Pero he estado, e incluso estoy enfermo; voy a consultarle todo a mi padre, a ver que le parece; es la única persona que he conocido cuerda en este mundo. Pero esta noche también tengo ganas de ver a mamá, sé que está en casa, y como cuando era niño, hoy necesito que me dé el cariño que siempre fue escaso. Tal vez también por mi culpa, que nunca la presté la menor atención, ni la admiré en lo que se merecía.

(...)

Mi hija tiene ya doce años, sin duda la luz más clara del diminuto velero que es nuestra familia. Es lo más bonito que James y yo podíamos hacer con nuestras vidas. No todo en esta vida es negativo, como he creído durante tantos años, no todo son tristezas, es más la desolación no parece el antónimo de la felicidad, sino de la alegría. Me doy cuenta que compartiendo esos malos y buenos momentos que todos tenemos con James, me lleva a una moderada alegría, que es sin duda el estado perfecto del ser humano. Mis amigos, y eso me gusta, me ven más bella que nunca, porque mi cara irradia el saber estar viviendo en un gran momento de mi vida; y doy gracias a Dios. A veces tengo miedo a que este momento acabe alguna vez.

Después de la presentación del disco, los dos juntos vivimos una segunda juventud. Desde ese día no nos separamos más de un día entero. Incluso enseguida aprendimos a hablar del pasado, sin que eso supusiera ningún trauma. Estuvimos todos los días como pareja, ya para promocionar el disco, como darlo a conocer en los sitios que había tenido más notoriedad e irnos de gira. Pertenecía a la banda de James, me tomaba la revancha personal. Europa, Japón, Australia, lo recuerdo como algo maravilloso. Me consideraron bastante apta para cantar. La edad había mejorado mi voz, con lo que las críticas fueron buenísimas. Conseguí apagar uno de mis grandes complejos. Creo que las desgracias habían dado un tono especial a mi término. Una cierta amargura me llevó a cantar con la fuerza necesaria para ser alguien. Sorprendía al mismo James que nunca especuló que pudiera ser yo la cantante del grupo.

Nunca olvidaré lo bien que lo pasamos, la gira se programó, de tal forma que, entre concierto y concierto había por lo menos tres días de distancia. Dicha circunstancia, nos permitió hacer turismo, visitar museos, pasear, reír, configurábamos un todo, la banda al completo, una gran piña. Buddy a la batería y Greg al teclado y voz decidieron venir a la gira, colaborar con su amigo. Parecía más que una asistencia, significaba algo extraordinario. Hechos como tocar con el viejo bajista, el más joven de la banda de Ray, ahora el más viejo en esta, nos animaba enormemente. El recordaba esos momentos en el club de Ray. Nos hablaba de cómo ellos veían un niño prodigio en la música, que nunca les dejaba de sorprender el mocoso rubio. Como era mejor bajista que él cuando tan sólo tenía mi chico trece años. Prodigiosas, las miles de historias que guardaba. Lo pasábamos tan bien.

Buddy nos hablaba de Jimy, su arte, su forma de ser, ¡era un gran hermano! Greg en su banda, las anécdotas eran tremendas, cuando recordaba a su hermano de sangre, o al gran Berry. Todos volvíamos por momentos a nuestro país de los sesenta, reunidos en una habitación de un Hotel del viejo continente en los ochenta... estábamos disfrutando, por primera vez con tranquilidad de nuestro arte, de nuestras posibilidades; esta vez sin los viejos ideales, pero también sin las drogas. Fumábamos porros, pero nunca se nos ocurrió volver a otras más duras.

Fue una gran época, y para rematarlo, me quedé embarazada de mi pequeña. Quizá era algo mayor, no tenía miedo, mi confianza y ganas de tener a mi pequeña niña disipaba cualquier temor.

Estoy orgullosa de vivir estos momentos, estos años tan felices, con sus alegrías, sus melancolías, con problemas y soluciones, pero que en todo caso compensan lo sufrido. Me siento bien de haber conocido a alguien tan especial, mucha gente muere en el intento.

Creo, que aunque suene típico, ¡lo conseguimos!

Después de la gira Martha y James se compraron una casa en San Francisco, para vivir en ella. James decidió crear unos estudios de música para promover a jóvenes talentos. Muchos viejos amigos venían a echarles una mano; el estudio fue un triunfo y consiguieron que muchas jóvenes figuras pudieran grabar discos.

La muerte de la madre de James, fue un trago, unos momentos tristes pero tristeza que esta vez la compartieron todos. A partir de ese día Ray empezó a vivir con ellos. Se retiró de tocar en conciertos con regularidad, además, ayudaba en los estudios. Ray será una persona que morirá tocando música. Algunas veces se acercaba a los viejos 'clubs' de jazz de la ciudad, y entonces como le reconocía todo el mundo tenía que subir al escenario a tocar algo.

Con mis padres apenas mantenía el contacto. Mi padre huía por no afrontar la realidad. Mi madre se sentía demasiado unido a él, le amó y le seguía queriendo a pesar de todo lo que había podido suceder. Incluso estoy bastante segura que, a su manera, mi padre quería a mi madre. Si mantengo la plena convicción que no supo demostrarlo ni a ella, ni a su hija. Sin lugar a dudas se sintieron fracasados cuando me intenté suicidar, en especial mi padre. Ya hace tantos años, creo que no me perdonan que les supusiera una complicación más que un regalo; yo lo siento de verás.

No puedo decir que sea totalmente feliz. Considero que eso se convierte en un imposible, pero desde luego y a pesar de añorar mi época de activismo de lucha por el cambio. Es algo por lo que me siento muy orgullosa. No tanto de mi actitud sentimental de aquellos tiempos, y sobre todo de conocer a la gente tan interesante que conocí. Ahora mantengo la alegría de estar con la persona que quiero, tener una niña que cuidar y hacer algo por músicos que sueñan con un futuro. No todo es tan bonito claro, James mantiene brotes de su paranoia, a veces se encierra en sí mismo y no quiere nada con nadie. La verdad es que cuando suceden esas cosas me pongo muy triste, también pienso en Sandra, porque James no disimula sus malos momentos y la niña podría preocuparse. A veces creo que nos estamos equivocando en no contarla nada o al menos casi nada de nuestro pasado; sé que tiene curiosidad, y a lo mejor no sería malo decirla todo. James lo tiene muy claro, no quiere que su niña sepa que su padre estuvo cinco años loco.

James y Martha no resignaron a dejar de verse ni un solo día desde aquella presentación del disco. Se vendieron apenas cien mil reproducciones en Estados Unidos, a pesar de ser alabado por la crítica, mayor conquista, por no decir enorme tuvo en el resto del mundo, donde el número de reproducciones vendidas se cuentan por cientos de Mikes.

Lisboa, Madrid, Barcelona, Milán, Roma, París, Lyon, Londres, Manchester, Liverpool, Dublín,... una gira por toda Europa, aclamado por el éxito. Después vinieron las principales ciudades de Japón y Australia. Una pléyade de viejos hippies rockeros considerados aquel año como la mejor formación de Jazz... James por fin había conseguido la fama del éxito también la alegría del amor. Pero mantenía una secuela dolorosa por descender al más profundo pandemónium a buscar su odiada amada. Decidió que esa obra parecía suficiente, y no escribió nada de música de nuevo, a pesar de las tentaciones de muchas casas de música y de sus propios amigos. Se concentró en la producción y colaboración.

James seguía siendo, en esos momentos un hombre débil, delicado, vulnerable, desconfiado y reacio a las muestras de felicidad; tan sólo parecía consolarse en el regazo de la pequeña mujer que le había condicionado la vida.

El reencuentro sucedió en aquella rueda de prensa para presentar la composición musical. Martha recibió la invitación por correo aunque no dudó en ningún momento de acudir, se presentó llena de miedo, emoción, expectación, nerviosismo… sabiendo que podría ver a su amado. En la puerta le esperaba Ray, se fundieron en un abrazo; él la dijo:

- Cariño, la felicidad tendría que haberte llegado diez años antes.

Martha rió emotivamente a medias, todavía con el pavor y el respeto que le provocaba una situación tan intensa y no respondió, pensó que tan sólo quería que me perdonase. Pensó para ella:

- No James, me arrastra un pasado demasiado turbulento para ser feliz. No puedo expírame de unos pecados que nunca me perdonaré... lo he dispuesto tan mal que tendría que vivir diez vidas más para encontrar la felicidad. Tan sólo le pido a Dios, que me deje descansar de mis vivencias al lado tuyo, que nos dé buenos momentos que nuestra propia estupidez han impedido. Tan sólo quiero que sea cierto que hoy me vuelven a brillar los ojos de la esperanza.

Aquella noche de los años ochenta San Francisco parecía un hervidero de recuerdos de los sesenta. Jerry a la derecha, flanqueando un rostro desconocido, a la izquierda Balin, en las esquinas los dos grandes amigos vivos de James, Carlos y Greg. Parecían sonrientes, pletóricos e incluso jóvenes... se sentían de nuevo queridos, famosos, conquistando un tiempo a la nostalgia del recuerdo. El disco dedicado a Martha sí, pero también en memoria a aquellos músicos muertos que llenaron la esperanza, la ilusión de vivir en un mundo cada vez más superficial, Jimy, Duane, Janis, Jim y todos aquellos con los que James había tocado tantas veces para deleite de su público.

Cuantas veces he pensado que me estaba equivocando. Mi amor por, y hacía aquel ser tan sólo era el embrujo de un sueño. La cabezonada de juzgarme tan trascendente hasta para enamorarme, pero es que no podía repasar en nadie más, no podía de dejar de recordar su ágil cuerpo de celeste blancura rodeándome. El día más feliz de mi vida fue aquella noche en Georgia, abrasado por el calor de aquella mujer. A pesar del remordimiento de la traición, nunca podría sentirme mejor que en aquel momento.

El tiempo no había representado ningún cambio para mí. Había transcurrido quizá más de diez años desde que la imagen de mi única gran amada rebozaba con aquel hombre de mínima clase, ridícula vergüenza del engaño. Siempre tuve la sospecha de que lo había hecho para mortificarme, acompañado también de la convicción de que esa actitud tan sólo podría venir de una mala mujer y que mi amor hacia ella no era correspondido. Si meditaba, sabía que lo segundo no era verdad, pero mi orgullo y el dolor infligido me hacían mantener mi postura.

James fue nuevamente un genio de la guitarra aquella noche. Quien le había escuchado con anterioridad no se sorprendió de su arte, quienes no, no dejaron de sentirse tremendamente asombrados por su virtuosismo. Al día siguiente, algún crítico se atrevió a definir la obra como la mejor pieza musical de la década.

Aquella noche Martha y James fueron a celebrarlo ellos solos. Primero cenaron en un elegante restaurante de la ciudad, rompieron el hielo, el nerviosismo de tantos años de contención. Después fueron a una 'suite' de un gran Hotel de su ciudad para no separarse en ningún momento. Hablaron y hablaron, se sentían renacer, sentir, vivir de nuevo. Amaneció y volvió a amanecer. Mano contra mano, cara contra cara, intercambiando deseos, excusas... hablaron de todo con plena sinceridad. Se perdonaron todo, se prometieron todo, se olvidaron de lo peor del pasado. A la segunda noche durmieron abrazados, descansando de todo aquel amor reprimido por el orgullo, por el dolor, por la sinrazón, disentimiento de un pasado equivocado.

Sufrirían, llorarían, no se sentirían bien, tendrían enfermedades, morirían, pero juntos, eso era de las pocas cosas claras que tenían los dos.

Desde aquella noche y hasta ahora, no han dejado de soñar unidos y en paz.

Amor defínete y entonces desaparecerás. El cariño, la ternura se demuestran, el amor se convierte en el mayor de los sentidos. No hay mayor dolor que el de los celos, el de sentirte no correspondido. No hay mayor alegría que el de la realización del sentimiento, unidos los dos cuerpos rozándose, abrazándose, sintiéndose, dibujando la silueta del deseo.

Esos dos días pocas veces hablaron de los peores momentos del pasado, pero en algunas ocasiones lo recordaban:

- Martha, cuando me encontraba ido, lo sabía, pero el imaginarte era lo mejor que podía hacer. Lo que considero claro es que no podía vivir sin ti, y me conformaba puesto que pensaba que nunca iba a querer volver contigo... pues el dolor había sido tan intenso... no quería, no quiero que vuelva a pasar. Un día te perdoné y quise entenderte, me costó mis años, entonces me marqué un nuevo objetivo, escribir música para componer lo mejor que pudiera, con toda mi pasión, pensando en ti.

Lo que también me costó mis años encerrado en el estudio, tan sólo me relacionaba con los que me pudieran aportar algo, mientras pensaba que sería tanto de ti como de tu vida. Me enteré que te habías casado con un Angelino, lo cual confirmaba mis sospechas que tú también estabas echando a perder una vida llena de posibilidades... me daba esperanza de sospechar que todavía me querías. Hoy cuando te he visto me he dado cuenta que no me he equivocado. Era la misma cara que la de Alabama, la de la única verdad. Somos puros, levedad de esta vida, que nos hizo hasta olvidarnos de nuestro mejor amigo. Y ahora que veo llorar tus ojos azules, pienso, Dios mío, si a lo mejor ha servido de algo tanto sufrimiento, tanta incomprensión. Una vez de pequeña intentaste suicidarte, admiro tu coraje, puesto que yo lo deseado cientos de veces durante este tiempo. Cuando por las noches cerraba los ojos e intentaba recordarte, tu imagen cada vez se difuminaba más. Había guardado una foto de una conocida que me hacía acordarme de ti, nunca te diré quien era, pero tu cara cada vez era más ella pues olvidaba tus rasgos, ahora los vuelvo a repasar e intento memorizar para no volver a olvidar.

Martha le miraba llorando de emoción, y con el gesto de admiración hacía su amado, ella también quería decirle tantas cosas:

- Mi niño, eso nunca va a pasar, pues no podrás olvidarme, pues no vamos a separarnos nunca más. Yo también he sufrido, intentando comprenderte, pero cada vez que quise volver me rechazabas más violentamente... Estos años han podido parecer de vida normal... No es verdad, tras ese matrimonio se ha escondido una persona profundamente frustrada. Desde que recibí tu carta he mejorado, además, he engordado seis kilos por eso me ves tan estupenda, pero mis ojeras tapaban el brillo de mis ojos, mis piernas apenas podían sujetarme. Sólo tenía a mi marido, mi único amigo. Ambos nos confesamos nuestros secretos, como rendimos para que nos sirviera de tapadera común. Todo una farsa, cariño, no he hecho el amor desde que me pillaste con aquel hijo de puta que elegí, aquella vez le cogí tanto asco que me prometí no volverlo a hacer, hasta que... Desganada de todo, vas a tener que armarte de paciencia pues debo de estar oxidada, corrompida, débil, gracia a Dios no me has visto semanas antes...

Aquella noche, aquel sitio fue un terreno reservado al verdadero amor, aquel estado que muchos mueren desconociéndolo, por que no lo han intentado, por que no lo han encontrado o encontrándolo han sido cruelmente no correspondidos.

Aquella tarde, San Francisco, parecía alegrarse, la elegancia cosmopolita de la ciudad se mostraba más elegante si cabe. Una égloga de sentimientos encontrados. James y Martha recordaban la letra de una de las canciones del disco:

Este mundo no es perfecto

Y lo sabemos tú y yo.

Este mundo es injusto

Y tú y yo

No lo vamos a cambiar.

Aunque te odié de veras,

Te sigo queriendo.

Te amo,

Te necesito.

Aunque quise olvidarte,

No puedo.

Aunque deseé fenecer de una vez,

No lo conseguí.

Necesitaba ayuda

Ante la incomprensión

Del mayor sufrimiento.

Eterna culpabilidad

Del olvido.

James y Martha seguían hablando, intentando recuperar el tiempo perdido:

- Martha, no podía seguir viviendo así. Tu reminiscencia, tu evocación, te imaginaba a mi lado, hablaba contigo... quería volver con algo grande... algo que te gustara, y quedara para siempre.
- Podías haber vivido conmigo, si me hubieras absuelto a tiempo.
- Perdón es más que una palabra, sufrí el dolor de no aprender a perdonarte.
- Quien más te quiere... lo hice por ti, actúe como una puta...
- Como una niña.
- Una puta infantil... era evidente que te quería hacer daño.

- Una espina, una imagen de ese tío de mierda, ¿sudaba roña? Eso me pareció, ver en ese asqueroso cuerpo desnudo.
- No sigas cariño, no ves que ni siquiera me acuerdo de cómo era.

Ambos empezaron a hacer ese juego de palabras que tanto les gustaba hacer:

- El recuerdo es esa imagen cruel que te amarga, ese fotograma feliz, que te hace melancólico pensando que grande fue el pasado, sin recuerdos seríamos más felices.
- Felicidad es estar contigo hablando de todas estas cosas.
- Hablar es la fotocopia corrupta de nuestros pensamientos.
- Por eso se convierte en maravilloso, hablar de los sentimientos verdaderos... te quiero, te a amo, te deseo, ¿Una imagen?
- Tu sonrisa, campo de la esperanza de una vida que merece la pena.
- ¿Un gesto?
- Tus brazos gesticulares cuando hablas, parecen expresar tus sentimientos.
- ¿Una verdad?
- Familia, toda; amigos, bastantes, pero nunca más de tres, un verdadero amor, tan sólo uno si quiera.
- ¿Un momento?
- Cuando me besas despacio, tu piel, ese primer pequeño roce, ni tan siquiera caricia, gran momento.
- ¿Un nombre?
- Martha. Hermosa por el día, bella de noche. Amiga en la necesidad, amante en la intimidad, cariñosa en las caricias, amor deseado y miel probada una vez, imposible de olvidar. Porque un alma que tiene pensamientos viles, no sabe de lo que hablo.
- ¿Unos ojos?

- Los tuyos, unos ojos azules, celestes, que quiero ver llorar, pues nunca los he visto llorar. Que nunca he encontrado en otros ojos. ¿Una imagen?
- Nosotros paseando por North Beach en busca de algún buen concierto, encontrándonos con los amigos.
- ¿Un gesto?
- El de tu sonrisa cuando me miras. Cuando escuchas música, cuando tocas la guitarra.
- ¿Una verdad?
- La de tú y yo
- ¿Un momento?
- Hoy
- ¿Un nombre?
- James, la fuerza de un hombre, su integridad, un artista, un ser humano irrepetible.
- Martha Y James se envolvieron, se miraron sonriendo, intercalando besos como unos adolescentes. Ósculos del eterno entendimiento. Pasos al fin encontrados hacía la bebida más prohibida, deseada, consumada.

En aquel momento, en el Parque Golden Gate de la ciudad de San Francisco, después de mucho tiempo, se vieron llorar los ojos más hermosos. Aquel atardecer de un día cualquiera de mayo de no sé que año, volvieron a llorar tus ojos azules. James en esas lágrimas entendió el lenguaje del amor de su amada:

- Martha, perdona por todo lo que te haya hecho sufrir, pues me duele más que mi propio sufrimiento. No te miento, soy demasiado sincero, y amarte así sin pensar en nadie lo considero ser muy egoísta, pero he vivido, he amado, he sufrido algo que muchos en esta existencia no tendrán puesto que nunca han querido buscarlo, o incluso encontrándolo han huido de ello para no complicarse entonces vivir una vida de eterno engaño. Pues el amor y la sinceridad pueden ser pasajeros, pero el engaño permanece siempre, en el recuerdo de no entender lo coexistido de esa forma. Martha ni puedo, ni me arrepiento de haber luchado por ti hasta la extenuación, incluso dudando hasta hoy que me hubieras amado. Hoy lo estoy viendo, el amor se refleja en tu cara. No hables tu expresión vale más que todo lo que pudieras decirme en este momento.

- Cariño, sólo quiero que te relajes, descansa de todo lo sufrido, coge asiento porque nos quedan los mejores años por vivir. Te amé desde el un momento dado, aquella noche en aquella fiesta de los de la Atlántida, mirabas atentamente la pantalla de aquella extraña película psicodélica y yo no podía dejarte de mirar. Te amé desde el momento que no dudé en engañar a tú mejor amigo, a mi mejor amigo, ni siquiera pensé en él cuando aquella noche te deseé tan intensamente. Te odié porque te amé, cuando aquella noche no pudiste quedar conmigo, sólo pensé en engañarte, y me rendí en esta vida cuando me casé por conveniencia. Pero ni un solo día cuando he cerrado los ojos he pensado en otra persona que tú, cuando me he despertado me he sentido tremendamente desgraciada.

La noche en Frisco empezaba a tupirse, la brisa marina daba un ambiente de frescor. El parque se había quedado ya bastante solitario, donde dos ciudadanos de mediana edad se abrazaban tiernamente.

Con la llegada de la noche, San Francisco descansa. Mientras la ciudad duerme, tus ojos húmedos por los llantos, saben de la felicidad, por haber conocido el sufrimiento, la desesperación, los celos y la venganza. Por, en definitiva, haber vivido.

FIN

Printed in France by Amazon
Brétigny-sur-Orge, FR

14202987R00112